Me deseó felices sueños

Massimo Gramellini

Me deseó felices sueños

Massimo Gramellini

Traducción
de Teresa Clavel

Ediciones Destino
Colección Áncora y Delfín
Volumen 1240

Título original: *Fai bei sogni*

Diagonal, 662-664. 08034 Barcelona
www.edestino.es
www.planetadelibros.com

Primera edición: octubre de 2012

ISBN: 978-84-233-2898-7
Depósito legal: B. 17.771-2012
Impreso por Cayfosa.
Impreso en España – *Printed in Sapin*

El papel utilizado para la impresión de este libro es cien por cien libre de cloro y está calificado como papel ecológico.

Mucho más importante que lo
que sabemos o no sabemos es
lo que no queremos saber.

Erich Hoffer

Como todos los años, el día de Fin de Año fui a recoger a mi madrina para acompañarla a visitar a mamá.

Madrina es una madera antigua bien conservada. Vive sola en una casa llena de luz, donde lee novelas policíacas y charla con las fotografías enmarcadas de su marido. De vez en cuando cambia de repisa y habla con la foto de mamá, principalmente de mí.

Supongo que se calla las informaciones más espinosas. Como que he tenido dos mujeres, aunque haya sido una detrás de otra. Y que al final no me he hecho abogado.

Mientras la ayudaba a ponerse el abrigo, fue ella quien llevó la conversación hacia la novela que le había regalado por Navidad.

—La terminé anoche...

—¿Te ha gustado, aunque no sea policíaca?

—Pues claro, la has escrito tú.

—¿Las páginas que hacen referencia a mamá también?

—Precisamente de ésas quería hablarte.

—Son las únicas autobiográficas. He metido un fragmento de mi historia ahí adentro.

—¿Estás seguro de que es tu historia?

—¿Por qué lo dices?... ¿No lo es?

—No sucedió exactamente así... Ven, ven aquí, hijo, tengo que darte una cosa.

La vi trastear con misteriosas llaves en torno a los cajones de la cómoda. Entre sus bellas manos nudosas apareció un sobre marrón.

Me lo entregó con un temblor en la voz.

—Después de cuarenta años, ya iba siendo hora de que alguien te dijera la verdad.

Cuarenta años antes

I

Cuarenta años antes, el día de Fin de Año me había despertado tan temprano que creía estar todavía soñando. Recuerdo el olor de mamá en mi habitación, su bata a los pies de la cama. ¿Qué hacía allí?

Y después: la nieve en el alféizar, las luces encendidas en toda la casa, un ruido de arrastrar de pies y aquel lamento de criatura herida.

—¡Nooo!

Me pongo las zapatillas con el pie cambiado, pero no hay tiempo para rectificar. La puerta ya está chirriando empujada por mis manos, y entonces lo veo en medio del pasillo, junto al árbol de Navidad.

Papá.

El roble de mi infancia, doblado como un sauce por una fuerza invisible y sujeto por las axilas por dos desconocidos.

Llevaba el batín granate que le había regalado mamá. Ese que se ataba a la cintura con un cordón de cortina. Se movía a saltos, pataleando y retorciéndose.

En cuanto se percató de mi presencia, lo oí murmurar:

—Es mi hijo... Por favor, llévenlo a casa de los vecinos.

Dejó caer la cabeza hacia atrás y golpeó el árbol de Navidad. Un ángel con las alas de cristal perdió el equilibrio y se estrelló contra la alfombra.

Los desconocidos no decían nada, pero eran amables y me aparcaron en el otro lado del rellano, en casa de una pareja de jubilados.

Tiglio y Palmira.

Tiglio afrontaba la vida tras la coraza inmutable de su pijama de rayas y con la ayuda de una pertinaz sordera. Sólo se comunicaba por escrito, pero aquella mañana se negaba a responder a las preguntas que le había garabateado en letras de imprenta en los márgenes blancos del periódico.

¿DÓNDE
ESTÁ
MAMÁ?
¿HAN
ATRA-
CADO
A PAPÁ?

Debían de haber entrado unos bandidos en casa durante la noche... ¿Y si fueran los dos que lo sujetaban por las axilas?

Apareció Palmira con las bolsas de la compra.

—A papá le dolía un poco la cabeza, hijo, pero ya se encuentra bien. Esos señores eran los médicos que lo han visitado.

—¿Y cómo es que no llevaban bata?

—Sólo se la ponen en el hospital.

—¿Y cómo es que eran dos?
—Los médicos de urgencias van siempre en pareja.
—Ah, claro. Así, si uno se pone enfermo de repente, el otro lo puede curar. ¿Dónde está mamá?
—Papá la ha acompañado a hacer un recado.
—¿Y cuándo volverá?
—Pronto, ya verás. ¿Quieres una taza de chocolate?
A falta de mamá, me conformé con el chocolate.

Unas horas después se hicieron cargo de mí los mejores amigos de mis padres.
Giorgio y Ginetta.
No creo haber pensado nunca en ellos por separado. Mamá y papá se habían conocido en su boda, una circunstancia que no dejaba de estimular los engranajes de mi cabecita.
—Oye, mamá, si a Giorgio y Ginetta se les hubiera olvidado llevarte a la fiesta, ¿habrías sido de todas formas tú mi mamá, o lo sería otra invitada?
Tenía una lengua inagotable, pese a estar tan llena de cortes y remiendos como el delantal de un artesano.
—Es un milagro que con semejante herramienta su hijo pueda hablar —le había dicho el pediatra a mamá.
—Ahora haría falta otro milagro, doctor: conseguir hacerlo callar de vez en cuando —había contestado ella—. Con la labia que tiene, acabará haciéndose abogado.
Yo no estaba de acuerdo. Quería dejar de hablar

y empezar a escribir. Cuando estaba convencido de que algún adulto había cometido una injusticia conmigo, decía, empuñando un bolígrafo delante de sus narices: «De mayor lo contaré todo en un libro que se titulará *Yo niño*».

El título era mejorable, pero el libro sería una bomba.

La verdad es que habría preferido ser pintor. Pero a los seis años ya había pintado mi última obra maestra: *Mamá come un racimo de uva*. El racimo era el doble de alto que mamá, los granos parecían las bolas del árbol de Navidad y la cara de mamá era idéntica a un grano.

Ella la había colgado en la cocina y se la enseñaba con orgullo a los parientes que entraban. De sus semblantes perplejos había recibido el primer dictamen existencial: la pintura nunca sería la vía de expresión de mi talento. Tendría que intentar dibujar el mundo que llevaba dentro con palabras.

En casa de Giorgio y Ginetta pasamos la Nochevieja más triste de la historia. Pese a mis intentos de reavivar la conversación, su hijo de trece años y yo fuimos enviados a las literas a las nueve de la noche, después de comer un plato de pasta y un filete, ambos austeramente preparados con mantequilla.

No hubo manera de conseguir una porción de *panettone* y una explicación decente. Mamá y papá habían ido a hacer un recado, el mismo de la mañana o quizá otro, pero igual de misterioso. Y nosotros teníamos que irnos inmediatamente a dormir.

Recuerdo la respiración regular de mi compañero de clausura encima de mí. Y a las doce en punto, los fuegos artificiales, que aclaraban la oscuridad de la habitación a través de las persianas no bajadas del todo.

Agazapado bajo las mantas, con los ojos brillantes y la cabeza dándome vueltas vertiginosamente como un tiovivo encantado, no paraba de preguntarme qué trastada tan tremenda habría hecho durante las vacaciones de Navidad para merecer semejante castigo.

Había dicho dos mentiras, contestado mal una vez a mamá y dado una patada en el trasero a Riccardo, el niño de la Juve que vivía en el segundo piso.

No me parecían pecados graves, en especial el último.

II

El día de Año Nuevo, Giorgio y Ginetta me dijeron que, a la vuelta de los recados, mamá había tenido que ir al hospital para unas pruebas. Llevaba meses haciendo constantemente recados y pruebas. Siempre en el hospital, además. Si por lo menos hubiera venido al colegio, le habría enseñado a copiar.

La imaginaba enfrentada a uno de los problemas que la maestra nos había puesto para las vacaciones. Un niño recorre tres kilómetros y cada dos hectómetros pierde dos canicas: ¿cuántas canicas habrá perdido después de recorrer mil novecientos metros?

Yo detestaba los hectómetros. Y a aquel niño idiota que perdía canicas a diestro y siniestro y, aun así, continuaba paseando como si tal cosa.

Por la tarde apareció papá para acompañarme al hospital a ver a mamá. Era de nuevo un roble.

—Vayamos primero a comprarle flores —propuse.

—No. Primero iremos a ver a Baloo. Tiene que decirnos algo importante.

Me encabezoné. Baloo era el sacerdote de los lobatos, la sección infantil de los Scouts de la que formaba parte desde hacía unos meses. Lo saludaría encantado sólo con que esperase su turno. Pero no podía permitir que le cortara el paso a mamá.

La mediación de Giorgio y Ginetta propició un acuerdo honorable. Iríamos al hospital después de ver a Baloo, pero las flores las compraríamos antes.

Me presenté en el oratorio de los Scouts con un centro de rosas rojas entre los brazos.

Baloo había copiado las maneras desmañadas y la bondad del oso del *Libro de la selva*, su homónimo. Nos recibió en la sala reservada para las reuniones de los lobatos y enseguida hizo un chiste sobre el campeonato de fútbol. Pese a haber nacido en Buenos Aires y vivir, como nosotros, en Turín, era hincha del Cagliari de Gigi Riva.

Tenía cromos de futbolistas para enseñarme, pero papá lo interrumpió.

—Se los enseñará en otra ocasión, Baloo.

Él suspiró y me pidió que mirara el techo: un cielo de barritas de tiza azul que yo había contribuido a decorar. Apoyó una mano enorme en mi hombro y con la otra señaló el cielo de tiza.

—Tu madre es tu ángel de la guarda, ya lo sabes. Llevaba tiempo pidiendo permiso para volar hasta allá arriba y así poder protegerte mejor, y ayer el Señor se la llevó con él...

Sentí que una cuchara de hielo penetraba en mi barriga y la vaciaba por completo. Me volví de golpe hacia papá en busca de algún indicio que se asemejara a un desmentido, pero sólo vi que tenía los ojos rojos y los labios blancos.

—Vayamos a rezar —dijo Baloo.

—Dale eterno descanso, Señor. Resplandezca en ella la luz perpetua. Descanse en paz. Así sea.

La voz cálida de Baloo resonaba en las naves de la iglesia desierta.

De rodillas en el primer banco, apretando el centro de flores rojas contra el pecho, yo movía los labios a su ritmo, pero del corazón me brotaban palabras distintas.

«Dale un breve descanso a mamá, Señor. Despiértala, hazle un café y mándala enseguida de vuelta aquí. Es mi mamá, ¿entendido? O la haces bajar a ella o me haces subir a mí. Escoge tú, pero deprisa. ¿Quedamos en que ahora cierro los ojos y cuando vuelva a abrirlos ya has decidido? Así sea.»

III

Mamá fue instalada en el salón de casa y expuesta a la curiosidad doliente del vecindario.

Yo me negué a verla. Todavía estaba convencido de que volvería. No considerar irreparables las derrotas es algo intrínseco a mi naturaleza. Mis películas preferidas son aquellas en las que el protagonista lo pierde todo, pero cuando está ya al borde del abismo da un paso atrás e inicia la remontada.

Sólo al llegar a la edad adulta aprendería a no escapar de los ataúdes todavía abiertos. Y descubriría que los muertos empequeñecen. Como si la vestimenta de huesos encogiera un par de tallas una vez que el espíritu ha dejado de insuflarle vida.

Los muertos empequeñecen y los supervivientes se enfurecen, como enamorados despechados. Se sienten ofendidos porque el mundo no sufre tanto como ellos.

El dolor me volvía intratable. Ya había sucedido dos años antes, cuando, al despertar con la garganta en llamas tras la operación de amígdalas, me puse a gritar a médicos y familiares apiñados junto a mi cabecera: «¡Fuera, fuera todos, que se quede sólo mi mamá!».

Ahora también refunfuñaba contra los visitantes. Sin embargo, lejos de irritarlos, mi descortesía parecía redoblar sus esfuerzos caritativos.

No soportaba las caras de circunstancias, las caricias de los que me compadecían y las expresiones tontas que flotaban en el aire.

Qué golpe...

Tan pequeño...

Pobre niño...

Negra desgracia...

Como si existiera una desgracia luminosa que te hacía la concesión de dejarte vivo.

La operación de amígdalas debía de haber sido una desgracia muy luminosa. La convalecencia me había tenido semanas alejado de los deberes, en compañía de los helados de mamá y de mi refugio secreto: el Submarino.

A determinada hora de la tarde, bajaba las persianas y me metía en la cama al revés, con la cabeza a los pies y los pies bajo la almohada.

Efectuaba las inmersiones en soledad, pero en los casos más delicados me acompañaba Nemecsek, el muchacho de la calle Pál que, en una página del libro que me había leído mamá —fácilmente reconocible porque la había manchado con la saliva amarga de mis sollozos—, se arrastra por la calle pese a estar moribundo para ayudar a sus compañeros en la batalla decisiva.

Los enemigos rodeaban el Submarino por todas partes, pero yo, protegido por el velo mágico de las sábanas, resistía a sus ataques hasta que llegaba mamá con la bandeja de la merienda. Aquella fantasía me transmitía una sensación de seguridad que más adelante sólo encontraría en la escritura.

La mañana del entierro me encerré en mi habitación y esperé a que el ataúd hubiera salido de casa. Bajé las persianas, me metí al revés bajo las sábanas y subí a bordo del Submarino con una necesidad desesperada de declarar la guerra al mundo entero. Pero no conseguía encontrar a los enemigos. Estaban todos dentro de mí.

IV

Empezaba a odiarla porque no volvía. Intentaba no pensar en ella, pero la cabeza era más fuerte que mi propósito y en los momentos de fatiga conseguía imponerse. Entonces iba a la deriva, arrastrando restos de recuerdos. El sabor de sus filetes con mantequilla. La fragancia de su pelo cuando la abrazaba. La última vez que habíamos sido felices.

Había visto en la televisión la serie sobre *La Odisea* y me había impresionado la escena en que el cíclope Polifemo golpeaba a los compañeros de Ulises contra las paredes de la caverna y se los metía en la boca como si fueran huevecillos.

En mi imaginación, la voz de Polifemo se superponía a la ronca y terrible del poeta Giuseppe Ungaretti. Era a él a quien se oía al principio de todos los episodios, recitando los versos de Homero. En cuanto callaba, pasaban el resumen en imágenes de los episodios anteriores, así que la semana siguiente había vuelto a ver la escena de los huevecillos.

Los niños acostumbrados a las carnicerías televisivas considerarán la comida del cíclope un tentempié dietético. Yo, en cambio, me despertaba en plena noche con la desagradable sensación de ser un huevecillo codiciado por el ojo único de Polifemo. Tras un breve combate contra la oscuridad, me declaraba derrotado e iba a refugiarme en la cama de mis padres.

Para poner freno a esas migraciones nocturnas, indignas de un hombrecito de ocho años cumplidos, mamá había puesto en mi mesilla de noche una lámpara con bombilla de bajo consumo que permanecía siempre encendida. Pero todos sabíamos que una nueva visión del cíclope sería fatal para mí.

Llegó la noche del último capítulo y, antes de que apareciera en la pantalla el resumen de los episodios anteriores, me fui corriendo a la cocina con mamá. La abracé fuerte, aspirando el perfume de sus cabellos rubios, hasta que desde el salón papá dio la señal de que había pasado el peligro.

Los demás recuerdos eran confusos, renuentes, quedaban aplastados bajo los últimos. ¿Cuándo había dejado de quererme? Sus legendarios ojos azules se habían apagado después del verano. De repente se había vuelto llorica y taciturna, precisamente ella que siempre había tenido una sonrisa para todos. Había agotado las reservas, estaba claro.

Una mañana había desaparecido «para hacer unos recados». La había visto volver al cabo de unos días, todavía más triste. En casa nos repartíamos las tareas: papá la acariciaba con palabras y yo le hablaba con caricias. Pero mamá parecía no corresponder a ninguno de los dos.

Madrina era su amiga del alma y todos los domingos por la tarde venía de visita con su marido, tío Nevio.

Yo me esforzaba en atraer la atención de los hombres recurriendo a mi repertorio: lectura de menús imaginarios («¿Os apetece una lasaña de sapo?») y crónicas radiofónicas de fútbol improvisadas. Pero en cuanto papá y tío Nevio se ponían a hablar de política, me iba a la cocina a lamentarme.

—¡Allí no me hacen caso!

Madrina reía. Mamá, en cambio, me miraba con unos ojos vacíos que daban casi tanto miedo como el de Polifemo.

Ahora dependía por completo de una señora fantástica que la ayudaba en las tareas domésticas.

Madamìn.

Era viuda con dos hijos y trabajaba por necesidad, aunque se habría dicho que la animaba el deseo de hacer un favor. Su dignidad ennoblecía los gestos más humildes y le confería autoridad. Con ella, mamá se convertía en una niña.

La víspera del día de Fin de Año yo había irrumpido en la cocina para anunciar un acontecimiento extraordinario:

—Mamá, prepárate: ¡he convencido a papá de que nos lleve a ver la nueva película de 007!

Ella se había puesto melindrosa.

—Sin Madamìn no voy.

¡Pero si la había invitado a salir conmigo! ¿No le parecía suficiente eso? ¿No le parecía suficiente yo?

—¡A la porra! —le había dicho.

¡A la porra!

Me había encerrado a cal y canto en mi habitación y había sido necesaria la autoridad de mi padre para obligar al pestillo a recorrer el camino inverso.

Mamá había permanecido agarrada al brazo de

Madamìn durante toda la película: 007 *al servicio secreto de Su Majestad británica*. La primera sin Sean Connery, sustituido por un James Bond con bata blanca.

¿Y si hubieran sustituido también a mi madre? Aquélla ya no era ella, y tuve la confirmación esa noche. La última que la vi.

Me había llamado desde la cama y me había pedido perdón por el asunto de 007. Nos habíamos abrazado al viejo estilo, con mi cabeza hundida entre sus cabellos para aspirar su perfume.

Parecía que había vuelto. Sin embargo, había bastado un golpe de tos para que empezase otra vez a ponerse plasta. Con aquella voz lastimera, que desde entonces no soporto ni en los mendigos, me había pedido por enésima vez que me portara bien con todos. Y yo: sí, mamá, buenas noches, ¿puedo irme ya?

—Que tengas felices sueños, chiquitín.

—¡Yo no soy chiquitín! Dentro de poco seré más alto que tú.

—Claro que lo serás. Más alto y más fuerte. ¿Me lo prometes?

No la soportaba. Me había ido a mi habitación y en señal de protesta me había metido bajo las sábanas sin lavarme los dientes. Y me había sumido en un sueño pesado.

Madamìn me esclareció el misterio de la bata abandonada.

Negra Desgracia había despertado a mamá durante la noche, pero ella le había rogado que esperase un poco más, que la dejara ir a estirarme bien el embozo. Al salir de mi cuarto, había dejado olvidada la bata sobre la cama, y ahí los sollozos interrumpían siempre a Madamìn, impidiéndole proseguir con el relato.

Ignoraba cómo podría sentirse una madre enfrentada a Negra Desgracia. Sin duda alguna, bastante mal, por más que las madres estuvieran dotadas de recursos inagotables. Pero no era posible que sólo la mía hubiera logrado convencer a aquella bestia de que le diera permiso para venir a estirarme el embozo.

Se trataba de una patraña difundida por una persona dotada de escasa imaginación. O sea, por papá. Quería hacerme creer que hasta el último momento mamá nos había querido, cuando si se había ido con Negra Desgracia era precisamente porque ya no nos quería.

Que se hubiera cansado de él incluso llegaba a entenderlo. Pero ¿cómo había podido dejar de amarme a mí?

No ser amado es un sufrimiento terrible, pero no el más terrible. El más terrible es dejar de serlo. En los encaprichamientos de sentido único, el objeto de nuestro amor se limita a negarnos el suyo. Nos quita algo que sólo nos había dado en nuestra imaginación. Pero cuando un sentimiento correspondido deja de serlo, se interrumpe bruscamente el flujo de una energía compartida. Quien ha sido abandonado se considera probado y escupido como un caramelo malo. Culpable de algo indefinido.

Así me sentía yo. No había sabido retenerla. Quizá se había ido para buscar un hijo que fuera capaz de dibujarla mejor.

Aun así, sentía que regresaría. Tal vez con otro hijo. Paciencia. Aceptaría cualquier humillación con tal de que volviese conmigo.

V

En espera de ese momento, me habría ido bien una madre de reserva. Pero, por desgracia, el destino había exterminado a las candidatas principales.

La abuela Emma, la madre romañola de papá, era una de esas mujeres que atraen leyendas. La más fascinante: que de joven le había atizado un bofetón en los morros al futuro Duce, paisano suyo, cuando había intentado poseerla sobre un almiar. La presunción había que atribuirla al abuelo socialista, pero cualquiera que hubiese visto las manos de la abuela Emma la consideraba digna de crédito.

En otra ocasión, y de esto existían pruebas, había irrumpido en una obra, al lado de su casa, para obligar al aparejador tirano a pagar el sueldo a los albañiles enarbolando ante su cara un rodillo todavía manchado de harina. El mismo rodillo con el que había amenazado después a los albañiles, por si se les ocurría aunque fuera remotamente dilapidar el sueldo en la taberna, en lugar de ir a entregárselo de inmediato a sus mujeres.

A los treinta años había emigrado con el abuelo a Turín. De día trabajaba de portera y por la noche redondeaba los ingresos en una pizzería, haciendo *piadine* de jamón y bandejas de *farinata*.

Su bien más precioso consistía en una caja de latón. En cuanto el abuelo cobraba la paga de tranviario, la abuela Emma la requisaba por derecho «de vino» —en el sentido de que, de no hacerlo, él iría a bebérsela con los amigos— y la guardaba dentro de la caja, en la que ya había puesto a buen recaudo la suya.

El tesoro era dividido en tres montoncitos. Uno para las facturas, otro para la compra y el último —el más importante— para los deseos. La abuela expresaba el deseo —la lavadora, el frigorífico, la máquina de coser— y se ocupaba de que el montoncito creciera mes tras mes. Los demás miembros de la familia no se atrevían a acercarse a la caja. Habrían tenido que pasar por encima de su cuerpo, que, como su carácter, constituía un obstáculo de no poca consideración.

Cuando el montoncito de los deseos había alcanzado su punto de maduración, la abuela Emma se ponía el vestido de los domingos e iba a la tienda. Ni la princesa del guisante habría podido rivalizar en orgullo con su mirada.

El día que un dependiente le sugirió una compra a plazos, lo miró como si fuera harina para su rodillo.

—¿De verdad cree que sería tan idiota como para seguir pagando por algo que ya tengo?

La abuela Emma.

De ella recuerdo los enfurruñamientos repentinos, las manos hundidas como palas en la masa de la lasaña y su famoso *cremigi*: un flan amarillo y negro que volcaba en una fuente ovalada, hecho lo cual me dejaba rebañar con la cuchara de madera los bordes de la olla impregnados de chocolate todavía caliente. Papá se ponía invariablemente a morir, porque a él siempre le había prohibido hacerlo.

Tenía al abuelo tan sometido que cuando éste murió todos pensaron que no se daría cuenta. Sin embargo, por esas misteriosas compensaciones de las parejas aparentemente descompensadas, seis meses más tarde se apagó ella también, entre atroces dolores que el corazón generoso de mamá había intentado aliviar hasta el final.

La abuela Emma se había opuesto a la boda de mis padres con una ráfaga de berrinches. Habría querido que papá se casara con una chica más acomodada.

Él era esclavo de su madre, pero el amor es una revolución y le había inyectado en el cuerpo la energía suficiente para mandar al infierno a la abuela y, ya puestos, también al abuelo.

—¡No estaría mal que aprendieras de una vez a llevar los pantalones en esta casa! —le había espetado, antes de salir dando un portazo.

Papá y la abuela Emma habían estado de morros durante un tiempo. Los había reconciliado mamá, aceptando instalarse en el piso de sus suegros después de la luna de miel.

La pequeña comunidad se sustentaba sobre un principio indiscutible: todo el poder en manos de la abuela Emma.

Hasta los detalles más insignificantes de la vida cotidiana se hallaban sometidos a la dictadura de sus reglas estrictas. Los domingos estaban consagrados a la limpieza de los cuerpos. Pero, puesto que la Constitución de la Abuela no contemplaba llenar y vaciar la bañera cuatro veces, la misma agua debía servir para ambos cónyuges de un matrimonio a fin de reducir a la mitad el despilfarro.

Tras su desembarco en un Estado hostil con el estigma del polizón, mamá había llevado a cabo una forma de rebelión que consistía en responder a los atropellos con gestos incondicionales de amor. No daba a cambio de algo. Daba y punto. Con despreocupación, sin recriminar nunca nada ni albergar expectativas de recompensa. Papá no haría otra cosa que repetírmelo durante toda su vida, para poner de relieve la diferencia entre ella y yo.

Y además tenía el don de una risa irresistible. Madrina me contó que, en la boda, durante la ceremonia el sacerdote no podía avanzar porque la novia no paraba de reírse. Y cuando había dejado de reír con la boca, había seguido haciéndolo con los ojos, de manera que había contagiado hasta a su inminente marido, un cardo borriquero. Total, que se habían dado el sí desternillándose de risa.

El carácter de mamá había derribado los prejuicios de la abuela Emma y mi nacimiento había hecho el resto. Se habían convertido en buenas amigas y cuando caminaba entre ellas me sentía seguro.

No como ahora, que a mi lado sólo caminaban hombres.

David Copperfield
por lo menos tenía una tía

VI

David Copperfield por lo menos tenía una tía. Yo tendría que conformarme con los cuatro hermanos varones de mamá.

El más joven tenía en común con ella la sensibilidad, y en aquel belén que olía a lociones para el afeitado acabó por encarnar el elemento femenino. Tomé la costumbre de llamarlo Mi Tío. Sentía una necesidad desesperada de imponer vínculos de pertenencia a los supervivientes.

Un sábado por la tarde, Mi Tío me llevó a ver a la otra abuela a una residencia con vistas a los viñedos de las Langhe. Durante el trayecto me enteré de las razones por las que no podría contar con ella.

La abuela Giulia había tenido muchas desgracias y demasiados hijos. El último había sido precisamente Mi Tío. Mientras estaba embarazada de él, había contraído la rubeola, y desde entonces sufría ataques epilépticos.

Al estallar la segunda guerra mundial, su marido había muerto entre sus brazos a causa de un resfriado que se habría curado con una inyección de penicilina, y le había dejado una pensión de viudedad y cinco huérfanos con el estómago vacío que le había tocado a la primogénita llenar: a los dieciséis años, mi madre había empezado a trabajar como mecanógrafa en la Fiat, sin dejar de ocuparse de su madre y sus hermanos.

Yo podía dar fe de que había continuado velando por ellos después. Nuestra casa era un continuo ir y venir de chavales cohibidos que venían a consultar a la Hermana Mayor sobre cualquier asunto: el amor, el trabajo, el color de los calcetines...

Mamá los recibía en la cocina, donde depositaban el óbolo por el asesoramiento: una caja de *marrons glacés*. Desde mi posición privilegiada de pelador de guisantes y primer ayudante de la cocinera, escuchaba conversaciones incomprensibles salpicadas de expresiones como «una buena chica» y «un puesto seguro».

Mi Tío tenía doce años menos que mamá y se sentía un poco hijo suyo. Me habló de la noche en que había atravesado la ciudad en un ciclomotor desvencijado para ir a la clínica donde yo acababa de venir al mundo. Mientras que los demás familiares asediaban a la comadrona para que les diera noticias mías, él se había interesado ante todo por cómo estaba ella.

—¡Me enseñó tu caca miles de veces!

—¿En qué sentido? —pregunté, sonrojándome.

—La hacías en un orinalito en forma de oca. Tu madre lo paseaba por toda la casa magnificando su contenido, como si se tratara de una escultura. Estaba loca por ti.

—¿Y entonces por qué se ha ido?

Parecía evidente que le había gustado mientras utilizaba el orinalito. Cuando había pasado a la taza, había dejado de quererme.

—No lo ha decidido ella. Ha sido el destino, que se le ha venido encima...

Mi Tío apartó una mano del volante y se puso las gafas de sol para que no viera que estaba llorando.

Una vez en la residencia, atravesamos habitaciones llenas de años. ¿Habría visto alguna vez a mamá con un montón de arrugas en la cara? ¿O habría seguido siendo siempre la joven señora de la foto que se asomaba desde un estante de la librería? El collar de perlas y la blusa de tejido de punto se habían esforzado en envejecerla, pero eran desmentidos por su sonrisa de chiquilla y sus ojos azules y límpidos, dispuestos todavía a asombrarse de todo.

La abuela Giulia salió a nuestro encuentro con unas zapatillas que la hacían andar con paso inestable. Me abrazó con un gesto más desesperado que afectuoso y me arrastró hasta una habitación sumergida en el verdor.

—¿Qué le han hecho a mi hija? —gritó, antes de que Mi Tío consiguiera arrancarme de sus garras.

No había pensado nunca que mamá fuera también una hija.

Me sorprendió que nadie le hubiera dicho todavía a la abuela Giulia la verdad, es decir, que mamá se había encontrado con Negra Desgracia a la vuelta de una serie de recados.

Si Mi Tío no me hubiera sacado de allí, la habría ilustrado yo mismo sobre el desarrollo de los acontecimientos, ocultándole tan sólo mi notoria perplejidad sobre la cuestión de la bata. Le habría explicado que los golpes de efecto aún no habían terminado y que el próximo sería la reaparición de la Desaparecida.

¿Acaso las madres no disfrutaban de un salvoconducto especial que les daba libertad para escoger el momento y la manera de efectuar sus entradas en escena?

Sentado junto a Mi Tío en el coche, me esforzaba por mantener la mirada fija en la carretera. Cada vez que dejábamos atrás un cartel publicitario me juraba a mí mismo que en el siguiente desviaría la conversación hacia el tema. Sin embargo, lo eludí hasta que llegamos a casa.

Ciertas preguntas me daban miedo. O quizá me asustaban más las respuestas.

VII

Si en el frente de las abuelas la derrota era total, también en el caso de las otras vicemadres se acercaba el momento de la rendición.

Madamìn no podía mudarse a nuestra casa porque tenía dos hijos que atender.

Madrina no tenía hijos, pero se peleó con papá. Un enfrentamiento gélido, lleno de sobrentendidos. Ella y tío Nevio espaciaron al principio sus visitas hasta acabar desapareciendo del todo.

Mi padre zanjó el asunto con una de sus máximas de duro de pacotilla: «Es una terrible desgracia necesitar a los demás, pero afortunadamente nosotros no necesitamos a nadie».

Quizá me pregunté si existía un nexo entre aquel altercado misterioso y el destino de mamá. O quizá no me lo pregunté en absoluto y lo que ocurre es que la memoria edulcora los recuerdos e intenta hacerme pasar por un pequeño inspector en busca de indicios, mientras que era simplemente un niño aturdido por el dolor que seguía negando la muerte de su madre.

En el desierto de mujeres que estaba agostando mi vida quedaban la Maestra y las madres de los otros niños.

La Maestra tenía un cerebro en forma de corazón. Los alumnos éramos sus cuarenta hijos adoptivos. Demasiados para cualquier madre, pero no para ella, que leía el alma de todos y dosificaba reprimendas y gratificaciones.

Había crecido en una familia socialista y hablaba fatal de los norteamericanos, en aquella época empantanados en la guerra de Vietnam. Yo tomaba nota y se lo relataba a papá, que, en cambio, adoraba a los norteamericanos porque lo habían ayudado a echar a los nazis de Italia. Creo que aprendí entonces los rudimentos de lo que más tarde se convertiría en mi oficio. Tomar nota y relatar. Con una buena dosis de participación emotiva, pero consciente de que de todo hecho siempre existen al menos dos versiones.

Papá escuchaba mis reportajes en silencio. Él y mamá no desacreditaban nunca a la Maestra. Si sacaba una mala nota, significaba que me la había merecido, no que ella tuviera algún prejuicio en mi contra. Las primeras autoridades con las que me encontré en la vida poseían la suficiente autoridad para no deslegitimarse mutuamente y me transmitían la sensación tranquilizadora de vivir en un universo ordenado.

La desaparición de mamá emborronó la nitidez del cuadro y me imprimió la marca del diferente. El pequeño lord crecido dentro del palacio dorado —madre dulce pero justa, padre amargo pero justo— se encontró de repente arrojado en medio del polvo.

Era el único de la clase que ya no estaba equipado

con una madre amorosa. Y aunque la Maestra estaba atenta a no pronunciar nunca la palabra «madre» en mi presencia, en mi interior el malestar por la condición de huérfano se mezclaba con el terror de que fuera inevitable y alimentaba el demonio de la agresividad.

En los primeros años de colegio había demostrado responder al signo zodiacal de Libra bajo el que había nacido, prodigándome entre mis compañeros en el papel de pacificador. Ahora, en cambio, reaccionaba a las provocaciones de los más violentos respondiendo a los golpes con golpes.

¿Por qué iba a tener que seguir portándome bien, si total ya no había nadie que me aplaudiera?

Las madres de los otros niños me abrazaban con un afecto rebosante de conmiseración, como si fuera un peluche caído en un charco: con cuidado para no ensuciarse demasiado. De un modo muy distinto las veía yo abrazar a sus hijos, que por lo demás era el modo en que mamá me había abrazado siempre a mí. Una especie de impulso primordial.

No resulta fácil ser huérfano en el país de los madreros. Sí, es verdad que es también el país de los victimistas, y la pérdida prematura de un progenitor, si se exhibe bien, puede convertirse en una aureola o un certificado de impunidad. Pero el papel de víctima exige estar hecho para él.

Yo no pedía compasión y privilegios, sino amor. Pretendía que alguien fuera forofo mío. Y para ninguna de esas madres sería nunca el primero de la lista.

Escondía mi desesperación detrás de una máscara de orgullo, inspirada en la épica paterna del héroe solitario capaz de ser autosuficiente.

Nunca he soportado a los que lloran por todo. Yo no lloraba ni siquiera de noche. Todavía creía que una mañana me despertaría y vería a mamá a los pies de la cama con la bata sobre los hombros. No quería que encontrase la almohada empapada de lágrimas.

VIII

Hasta que llegó Mita, la tata encargada de desempolvarme la vida.

Imaginaba a una Mary Poppins que me cubriría de besos y tartas de chocolate. Mi única preocupación era que fuese demasiado guapa y papá se casara con ella.

En cuanto la vi, dejé escapar un suspiro de alivio: tenía un bigote como el del bedel del colegio. Mostró las encías en una mueca de momia y el hedor de su aliento me tumbó.

—Será guapa por dentro —aventuró Mi Tío.

Se equivocaba.

Mita había trabajado al servicio de una condesa emparentada con los Agnelli que residía en la zona de la colina. Vivía su relación con papá como una degradación y su relación conmigo como una maldición.

El recuerdo de los abrazos cálidos de mamá me llevó a buscar un contacto físico con ella. Constatada la rigidez de sus gestos, intenté cruzar el umbral de sus sentimientos. Pero en aquella landa desolada no había sitio para quien quisiera dejar una huella distinta de la glorificación nostálgica y maliciosamente comparativa de la condesa perdida. El único momento en que su vida se había asomado a un cuento.

Era la primera vez que me topaba con una persona realmente obtusa y no aceptaba la idea de adaptarme a su nivel de conversación. Quería un público entusiasta para mis monólogos y el hecho de que Mita no entendiera ni los razonamientos más elementales me dejaba, al término de nuestros coloquios, con la sensación de estar loco o de ser un incomprendido.

Sólo encontramos un terreno común en la televisión, en la que podía considerarse con todo derecho una experta gracias a su conocimiento profundo de los textos: las revistas *Sorrisi e Canzoni* y *Radiocorriere TV*.

Mita profesaba una religión pagana, en la que presentadores y cantantes hacían las veces de divinidades. Los cielos y la tierra habían sido creados en seis días por Mike Bongiorno, el cual había descansado el séptimo para transmitir un programa de variedades de Pippo Baudo.

Pero lo que marcaba realmente un antes y un después en la historia de la humanidad había sido la aparición de Gigliola Cinquetti en el Festival de San Remo. Pese a que habían transcurrido ya varios años de aquel prodigio, Mita continuaba extasiándose en la añoranza de un paraíso perdido: cuando la Cinquetti cantaba *Non ho l'età per amarti* y ella planchaba las enaguas de su condesa.

Un sábado de otoño papá salió a cenar fuera. Era la primera vez que me dejaba solo de noche y la novedad me produjo algunos estremecimientos de inquietud.

Mita tomó posesión del salón y se sentó frente al televisor con *Sorrisi e Canzoni* abierto sobre el regazo como un misal. Estaba a punto de empezar *Canzonissima*, un concurso de cantantes en el que los telespectadores votaban mediante unas tarjetas vendidas con los billetes de lotería.

Electora undívaga, aunque dotada de una sutil forma de coherencia, Mita apoyaba a los jóvenes con talento como Mino Reitano y Massimo Ranieri. Me puso al corriente del nombre de sus respectivas novias y de muchos secretos más, pero mi atención se apartó casi enseguida de sus palabras porque en la pantalla había aparecido algo que la reclamaba toda.

Un ombligo.

La chica que se atrevía a exhibirlo en público se llamaba Raffaela Carrà y era romañola como la abuela Emma y rubia como mamá. Volvió a aparecer al cabo de un rato en minifalda para trazar trayectorias audaces con las piernas, hábilmente cubiertas con medias oscuras.

Yo estaba demasiado verde para captar en aquellos movimientos un presagio de sensualidad, pero, aun así, el calor de las imágenes abrió una brecha en las paredes endurecidas de mi alma. Cuando terminó el número, me derretí entre los brazos de Mita y, conteniendo la respiración como un buzo, besé sus mejillas hundidas.

—¿Serás ahora tú mi mamá? —le pregunté con voz avergonzada.

—Lo siento, niño...

Dijo exactamente eso: niño. No me llamó por mi nombre.

—Lo siento, niño... No soy capaz de quererte. A mí nadie me ha querido y... no sé cómo se hace.

—Si quieres, te enseño yo.

Todavía me acordaba un poco.

—No puedo..., perdona...

Se pasó una mano por los ojos y se metió en el cuarto de baño justo cuando empezaba a cantar Massimo Ranieri.

Sólo entonces sentí venirse abajo el telón de plomo dentro de mí. Esa ilusión de recuperar el amor perdido que me había tenido enredado en un mundo imaginario durante un año entero.

Admití en mi fuero interno que mamá se había ido para siempre y que nadie me querría, aceptaría y protegería como ella.

Hundiendo la cara en el cojín del sofá, lloré finalmente por su suerte. Y por la mía.

IX

Las aspirantes a madre habían caído una tras otra, y con ellas, las esperanzas de recuperar el original. Sólo me quedaba papá.

Para llenar en parte el abismo de una madre que ha muerto hay que ser un varón femenino. Severo en caso necesario, pero sensible. Papá, sin embargo, era varón y punto, había crecido con el mito de dos hombres fuertes: la abuela Emma y Napoleón.

Tenía las manos grandes y una mirada torva que cohibía a los extraños y también a mí. Parecía tan incapaz de hacerme una caricia que no se asemejara a una bofetada como de preparar un café con leche decente. En el interregno entre la muerte de mamá y la llegada de Mita se vio obligado a interpretar un papel que no era el suyo.

Cuando terminaban las clases, la madre caritativa de un compañero de colegio me dejaba delante del organismo público donde él trabajaba hasta las dos. Instalado en una esquina de su mesa, aguardaba la hora X pintarrajeando racimos de uva gigantescos en el dorso de las hojas que encontraba en la papelera. Mamá había desaparecido también de los dibujos.

Cuando la tinta del rotulador se acababa, papá me permitía utilizar un bolígrafo de la oficina, pero en cuanto nos levantábamos para ir a casa quería que lo dejara en su sitio.

—No es nuestro. Pertenece al Estado.

Crecí creyendo que el Estado era un fabricante de bolígrafos.

A las dos y media nos sentábamos en torno a la mesa de la cocina y aquél era el peor momento, porque en aquella habitación todo recordaba a mamá.

Papá se ponía a cocinar. Sus comidas han permanecido en mi estómago y en mi memoria con un sentimiento de estupefacta reverencia. Demasiado absurdas para no parecer geniales. Su especialidad era la carne en conserva calentada.

Un varón femenino habría buscado una tata capaz de calentarme sobre todo el corazón. Pero para mi padre ciertos mensajes eran ejercicios de estilo para soñadores. En la elección de Mita se dejó guiar por los únicos valores en los que se reconocía: honradez y practicidad.

Volví a comer la carne en conserva fría, temperatura perfectamente adecuada a la de la casa. En compensación, tuve que cederle mi habitación a la recién llegada y resignarme a dormir con él.

La gran cama de mamá desapareció para dejar sitio a un par de camitas individuales con colchas de rombos negros y marrones.

Las colchas eran un problema menor. Papá roncaba como un oso después de darse un atracón de miel. La única salvación era conseguir dormirse antes de que él se metiese en la madriguera.

Toda relación tiene una tonalidad principal y la nuestra se había fijado para siempre en un prado de la infancia. Mientras correteaba, tozudo, hacia el balón lanzado por mi padre, había estado a punto de pisar una margarita y me había agachado para recogerla y llevársela a mamá.

Ella se había conmovido; él había dudado de mi virilidad. ¿Acaso las biografías de Napoleón, que papá se conocía al dedillo, decían que en los albores de su carrera el futuro general hubiera preferido coger margaritas para su madre en vez de expresar su voluntad de poder emprendiéndola a patadas contra algo o alguien?

El relato del episodio me persiguió durante décadas como una fácil profecía: «Y además, cuando era pequeño se agachaba a coger margaritas...».

Privada del colchón materno, la fricción entre nuestros caracteres había perdido la apariencia de vitalidad para convertirse en el sordo desahogo de dos víctimas incomprensibles la una para la otra. Tampoco para él debía de ser fácil convivir con un hijo que en el aspecto físico y en algunos rasgos de la personalidad le recordaba continuamente a la mujer que había perdido. Pero yo estaba demasiado atrapado por mi sufrimiento para interesarme por el suyo.

Mamá era un tema tabú. Una sola vez me atreví a preguntarle cuál sería, en una hipotética clasificación de las desgracias, la merecedora del primer puesto: la desaparición prematura de una esposa o la de una madre.

No se trataba de una curiosidad filosófica, sino de una petición de ayuda. Habían transcurrido sólo unos meses desde la noche en que había descubierto que las mujeres tenían ombligo y que mamá no volvería. Sentía una necesidad desesperada de conmoverme con él.

Estábamos en su coche —un Fiat 124 Coupé, más apropiado para un piloto flacucho que para uno tan robusto—, camino de casa de Giorgio y Ginetta para celebrar un cumpleaños.

Me soltó un discurso muy racional que duró tres semáforos en rojo y finalizó marcha atrás en el aparcamiento con este comunicado solemne: los dos estábamos en una situación mala, pero el que estaba peor de los dos era yo, porque una esposa se puede sustituir, mientras que una madre no.

Bajó del coche y nunca más volvimos a hablar del asunto.

X

El único canal abierto entre nosotros era el Toro, el club de fútbol local, junto con la Juve.

A los cinco años creía que Il Grande Torino era una leyenda. Papá me la contaba para que me durmiera, pero por suerte yo no me dormía nunca.

Quería saber cómo acababa, y siempre acababa igual: que después de haber ganado cientos y cientos de partidos, marcando cientos y cientos de goles, Aquéllos —él los llamaba así, y eran las únicas veces que se conmovía— montaban en un avión rumbo al paraíso y no volvían.

Todo era diáfano, perfecto. La muerte aún no existía para mí. La conocería dos años después y también a través del Toro, severo entrenador existencial.

La víspera de un derbi contra la Juve pillé la gripe. Pero bastó que mamá bajara a comprar las medicinas para que me encontrara inmediatamente mejor.

Después de haber distinguido a un jarrón y al paragüero asignándoles la función de palos, empecé a danzar por el pasillo reteniendo la pelota de goma entre los pies desnudos. Lo hacía todo solo, incluida la crónica radiofónica, silabeando con voz cantarina el nombre de mi campeón preferido.

—Gigi Meroni avanza, regatea sorteando a un jugador de la Juve, a otro, a otro más... Pero ¿qué hace? ¡Increíble! Vuelve atrás y regatea sorteándolos a todos de nuevo. Ahora está delante del portero: hace pasar la pelota entre sus piernas, sobre su cabeza, bajo sus axilas... Meroni está solo ante la portería vacía...

Sonó el timbre de casa y era Riccardo, el hincha de la Juve del segundo piso.

—¡Meroni ha muerto! ¡Ha muerto! —anunció, jubiloso, con esa tierna maldad que anima a veces a los niños.

—¡¿Qué dices?! —grité, con la pelota todavía entre los pies—. ¡Meroni soy yo!

Solo, ante la portería vacía.

—¡¿Meroni tú?! Pero ¿eres tonto? Enciende la radio. Lo ha arrollado un coche.

Nada de aviones esta vez.

Fui al derbi con papá y ganamos cuatro a cero entre sollozos. Una típica alegría de Toro. Fue mi bautismo de fuego como hincha granate. El ingreso oficial en una secta de llorones pero indómitos retadores del destino.

Mis domingos se plegaban a un ritual inmutable. Durante la comida, papá desgranaba la lista de todas las razones por las que no me llevaría al estadio y que al final se resumían en una sola: se había hartado de perder el tiempo y el dinero siguiendo a una pandilla de maletas que usurpaba el nombre de Aquéllos.

Tras haber pelado una manzana con gestos quirúrgicos, se atrincheraba en el salón fingiendo que miraba la televisión mientras yo empezaba a vestirme: calcetines largos y bufanda de color granate; el resto, lo primero que pillaba.

Una vez digerido el telediario, papá se asomaba a la ventana y miraba a los hinchas haciendo cola en las puertas. Vivíamos enfrente del estadio.

Se quedaba observándolos en silencio unos minutos. Luego exhalaba un suspiro que parecía un monzón, entraba en el trastero para ponerse los zapatos y desde allí me gritaba: «¡Anda, vamos! ¡Pero que conste que lo hago sólo por ti!».

Yo estaba en el rellano desde hacía una eternidad, apoyado en la bandera del color de la sangre y del vino que me había regalado Mi Tío. Siempre entrábamos con el partido empezado y siempre me sentía avergonzado, como cuando papá me llevaba tarde al colegio: con mamá eso nunca habría sucedido.

Ella era insensible a las obsesiones de la afición futbolística, pero había tenido que aprender a convivir con ellas.

Cuando, un domingo de primavera, papá la deslumbró con la perspectiva de una excursión a los lugares en los que transcurre *Los novios*, la desdichada picó. No sabía que aquel día el Toro iría a jugar precisamente al lago de Como.

Mientras tomaban un capuchino frente al palacio del Innominado, él le señaló simulando sorpresa el cartel del encuentro, colgado en una pared del bar.

Mamá pidió disfrutar al menos de una localidad con derecho a asiento en el estadio: desde hacía unos meses llevaba a un ultra dentro de la barriga.

Saldría de allí varios partidos más tarde, pero aquél fue el primero de mi vida. Un cero a cero bajo la lluvia. Aunque yo, en mi palco calentito, todavía estaba en lugar seguro.

Desde que mamá había ido a reunirse con Gigi Meroni y con Il Grande Torino ya no me sentía seguro de nada. Las palabras que pronunciaba a lo largo de un domingo habrían cabido todas en una bolsita.

Papá había llegado a la conclusión de que sólo estaba alegre cuando veía al Toro, así que empezó a llevarme también a verlo cuando jugaba en campo contrario. ¡Menuda alegría! Recuerdo un partido en Varese en el que, a tres minutos del final, ganábamos dos a cero. Acabó dos a dos y me pasé el viaje de vuelta vomitando.

No obstante, llegó la primavera y, peldaño a peldaño, el Toro escaló toda la clasificación. Si un domingo concreto, en torno a Pascua, ganábamos al Nápoles en casa, pasaríamos por delante de la Juve y llegaríamos a la cumbre. Como Aquéllos.

En esta ocasión papá me llevó al estadio con una hora de antelación, pero no sirvió de mucho: en el último minuto languidecíamos aún en el cero a cero. Lo miré a él, miré el campo, miré las tribunas. Y en vista de que nadie hacía nada, me dirigí directamente a Dios.

—Te lo ruego, Señor, déjanos marcar un gol. Ya me quitaste a mamá, estás en deuda conmigo.

Un instante después, el entrenador del Toro hizo entrar en la contienda al delantero más pequeño del mundo. Se llamaba Toschi y, como buen duende, corrió inmediatamente a esconderse entre las briznas de hierba.

El balón descansaba en el regazo del portero contrario, el cual se lo pasó al defensa, el cual se lo volvió a pasar al portero, el cual se lo devolvió al defensa, el cual se dispuso a dárselo otra vez al portero...

Fue entonces cuando el duende se hartó. Salió de su escondrijo, interceptó el balón vagabundo y lo estampó contra la red.

En la exaltación colectiva que siguió, nadie se fijó en un chiquillo de once años con las manos juntas y los ojos alzados hacia el cielo.

—¡Gracias, Dios! —grité, cayendo de rodillas.

¿Gracias? ¡Y un cuerno! Al final del campeonato los árbitros le anularon al Toro dos goles indiscutiblemente válidos y la Juve nos sopló el Scudetto por un punto. Todo para que Riccardo pudiera pegar en las paredes del ascensor los cromos de sus adorados Pijamas (ése es el apodo que yo les había puesto a los jugadores del Juventus, inspirado por sus camisetas de rayas).

Se me cerró de tal manera el estómago que durante una semana sólo comí colines. No dejaba de preguntarme hasta dónde podía llegar el sadismo de un Dios que había querido que fuera huérfano prematuro de madre e hincha de un equipo tan desgraciado.

XI

Con el fin de la primaria había perdido también el último asidero, la Maestra. Me arrastraba sin guía por un espacio vago y empezaba a experimentar una sensación que ya no me abandonaría: un demonio gordinflón me encadenaba al suelo. Un monstruo blando y seboso que se alimentaba de mis miedos: desconfianza, rechazo y abandono.

Lo bauticé con el nombre de Belfegor, el fantasma del Louvre de una serie de televisión que le había disputado a Polifemo la supremacía de mis angustias infantiles.

Me acribillaba a preguntas. Con todas las madres que había, ¿cómo es que había muerto precisamente la mía? Mis compañeros iban al colegio acompañados de su madre, comían el filete con mantequilla cocinado por su madre, cuando se sentían perdidos, se refugiaban entre los brazos de su madre. ¿Por qué yo no?

Mi cabecita discurría a trancas y barrancas en busca de respuestas. Si me hubiera puesto de puntillas, habría visto que en el mundo existían incongruencias mucho peores: guerras, epidemias, inundaciones... Pero Belfegor sabía empujarme sólo hacia abajo, y desde allí el único horizonte que lograba divisar era el de mi pequeña vida.

De vez en cuando, papá amenazaba con meterme interno en un colegio. Lo hacía cuando me dejaba el aparato de los dientes en el plato de un restaurante, o cuando le pedía que despidiera a Mita y la sustituyera por un ser humano.

Me convertí en un lector empedernido de libros de orfelinatos. *Sin familia* y *Oliver Twist* dormían bajo mi almohada, pero no me proporcionaban ningún consuelo. Llegué incluso a envidiar a sus protagonistas. Eran desesperados en medio de otros desesperados y, quieras que no, compartir el problema hacía que no se sintieran diferentes como me sentía yo, que después de la primaria había acabado en un colegio católico sólo para niños, frecuentado por hijos de papá mucho más ricos que el mío.

Habría necesitado otra Maestra. En cambio, me tocó el padre Calavera.

El apodo estaba inspirado por la conformación horripilante de su cráneo. Haciendo gala de una sabiduría milenaria, la congregación a la que pertenecía lo había mandado a Libia, pero él había escapado a las purgas de Gadafi para regresar a Italia a purgarme a mí. Cuando me rebelaba contra algún abuso, y a mis ojos todo era un abuso, me golpeaba en la nuca con los grandes nudillos de sus manos. Dejando al descubierto unas encías similares a las de Mita, decía con voz sibilante: «Tú no me quieres...».

Efectivamente, no lo quería. Me sentía el antihéroe de la única novela que Dickens nunca se propuso escribir: la historia de un niño al que le arrebatan sin motivo las mujeres de su vida para obligarlo a crecer con una tata insensible y un cura con las manos muy largas.

Papá me había matriculado en un colegio privado porque era el único que me tenía prisionero hasta última hora de la tarde, lo que lo eximía de la tarea de ocuparse de mí durante el día. Pero el privilegio de no ver a Mita a la luz del sol tenía un precio: el comedor escolar incluido en el horario de permanencias.

El séptimo círculo del infierno lo imagino así: una sala tenebrosa y rectangular impregnada de olor de pies, donde un camarero alérgico al jabón pone las croquetas de patata en las bandejas directamente con las manos, mientras en unas ollas monstruosas la poción mágica que transformará hasta al último hambriento en ayunador voluntario borbota en la oscuridad.

Una vez levantadas las tapaderas, el perfume de la sala cambiaba y al querido y viejo olor de pies se superponía un tufo inmundo de queso podrido. Mientras el contenido de las ollas era vertido en las soperas, el padre Calavera en persona supervisaba el rito supremo: la oración con la que dábamos gracias al Señor por nuestra bazofia diaria.

Arroz con higadillos.

La primera vez que intenté comerlo lo vomité, y cuál no sería mi sorpresa cuando vi que no había ninguna diferencia entre lo que había arrojado sobre las baldosas y lo que había quedado en el plato. Una papilla oscura en medio de la cual flotaban a la deriva, como náufragos, las vísceras de los animales sacrificados por Calavera en algún horrendo ritual que se consumaba en las cocinas.

El creador de aquella exquisitez era él. Lo intuía por la pasión con que se paseaba entre las mesas para asegurarse de que hubiera bastante para todos. Y en cuanto encontraba a un tiquismiquis inapetente, le daba con los nudillos en la nuca.

No me dirigía nunca a mamá para pedirle ayuda; la había hibernado en una dimensión insondable. Pero frente al arroz con higadillos me vi obligado a hacer una excepción.

—Dame una idea, mamaíta.

Y pensar que la palabra «mamaíta» siempre me había resultado antipática...

La idea se materializó cuando el padre Calavera se encontraba ya a tan sólo dos mesas de distancia. Harían falta gestos rápidos y nervios de acero. Levanté el plato lleno a rebosar de higadillos y, conteniendo la respiración, se lo pasé por encima de la cabeza de algunos compañeros a Rosolino, uno que se lo comía todo, hasta el papel de los caramelos y las capuchas de los bolígrafos ya mordisqueadas por otros.

Los higadillos le daban asco incluso a él, pero no lo bastante para llegar a interrumpir el ciclo continuo de su estómago. Con tres cucharadas voraces dejó el plato limpio y me lo devolvió un momento antes de que las gafas de Calavera lo sometieran a un examen microscópico.

Rosolino continuó dejando mi plato limpio cena tras cena. Pero una vez —una desgraciada vez— cayó dentro un hilo de caldillo oscuro que le había resbalado por la barbilla.

—¿No te ha enseñado tu madre a rebañar? —me preguntó el padre Calavera a dos dedos de mi cara.

Ni corto ni perezoso, mojó un trozo de pan en el plato y me lo metió entre los labios.

Devolví el bocado ajeno con un gesto automático: escupiéndolo sobre la sotana de quien me lo había administrado. Fui expulsado dos días y papá no me dirigió la palabra hasta el verano. Nos comunicábamos por señas.

En aquellos años había jóvenes que incendiaban escuelas y provocaban a la policía. Yo escupía caldo de higadillos contra la sotana de los curas, pero nadie me consideraba un héroe.

XII

Rosolino había llegado a Turín desde Sicilia justo a tiempo para que Calavera le echara el guante. Según él, su padre fabricaba millones. Pero los compañeros más rubios decían que apestaba. Y eso, unido a su acento del sur, había bastado para integrarlo en el club de los parias.

De la unión de nuestras vergüenzas nació una amistad destinada a romperse todas las tardes en el autobús escolar que nos llevaba a casa. Jugábamos a hacer saltar los cromos de futbolistas sobre la superficie mullida del asiento. El que lograba darles la vuelta obtenía el derecho de guardárselos en el bolsillo.

Rosolino hacía trampas y yo también, pero con menos habilidad. Nos insultábamos mutuamente.

—¡*Terrone!**

—¡Bastardo!

No sabía qué significaba, y cuando lo descubrí, mi amigo ya había cambiado de ciudad.

Le había contado, como a todos, que mi madre no

* Término despreciativo con que los italianos del norte llaman a los del sur. *(N. de la t.)*

venía nunca a recogerme al colegio porque viajaba mucho por motivos de trabajo: era representante de cosméticos indios.

Original, ¿eh? Una vez mamá tuvo que recibir en el salón a una vendedora de productos de belleza. Guardo el recuerdo vago de una señora pintándole las uñas con un líquido rojo. Pero la referencia a la India representaba un añadido de artista, inspirado en acontecimientos recentísimos.

Las vacaciones de Navidad eran un domingo interminable en el que los fantasmas de la festividad dejaban sentir su peso. De mamá no se hablaba ni siquiera en el cementerio, donde papá prefería concentrarse en los aspectos prácticos: comprar flores artificiales que duraban más, trasladar la escalera con ruedas hasta la fila de lápidas en cuyo vértice sonreía la foto de la difunta, encaramarse arriba de todo sin derramar el agua del jarroncito (pero ¿para qué hacía falta agua, si las flores eran artificiales?), bajar y llevar la escalera de ruedas al punto exacto en el que había sido encontrada.

Después de haber permanecido unos minutos mirando hacia arriba sin decir una palabra, volvíamos a casa a pasárnoslo en grande. Él en una habitación, yo en otra, y en medio Mita con el televisor encendido. En Nochebuena declinábamos la invitación de Mi Tío —«en realidad, nosotros no necesitamos a nadie»—, y la regla que valía para la cena de ese día podía aplicarse de maravilla a la comida del día siguiente.

Como para Año Nuevo el campeonato de fútbol

se tomaba un respiro, había que idear otro entretenimiento, y papá tuvo la iluminación del viaje a la India. De Nueva Delhi a Benarés, la ciudad santa, famosa por la escalinata a orillas del Ganges que albergaba a los más desamparados de la humanidad y que con nuestra llegada podría por fin considerarse al completo.

El grupo del viaje organizado estaba repleto de madres. Por todas partes se oían órdenes ansiosas acerca de objetos, animales y mendigos que había que evitar. Papá las imitaba lo mejor que podía, pero no poseía ni su vista ni su constancia. Así que yo acababa encontrándome siempre metido en líos. Los demás niños hasta debían de envidiarme.

Querría haber guardado algún fragmento espiritual de la peregrinación de un viudo y un huérfano a la tierra más mística del planeta. Sin embargo, mi álbum de viaje se reduce a un muestrario de humillaciones profanas.

Papá invita a beber a los camareros del hotel —es Nochevieja— y una comitiva de indios pertenecientes a la casta más elevada abandona la sala mirándonos mal.

Papá, tocado con un turbante rosa de marajá, se encarama a un elefante y yo, para no morirme de vergüenza, voy a esconderme detrás de una columna de un templo hindú.

Un amigo de papá increpa en italofrancés a un compatriota de Astérix que acaba de clavarle el tenedor en la palma de la mano durante el asalto diario al bufé: «*Maleducaton d'un franceson. Je suis italien e me ne vant!*».

Papá, de nuevo él, sorprendido por mí en el pasillo del hotel mientras besuquea a una señora del grupo: una rubia con las piernas aprisionadas en un par de medias veteadas que culebreaban bajo la falda como pitones.

Allí hice como si nada, pero en cuanto regresamos a Italia le escribí una carta de veinte páginas cuya esencia estaba concentrada en la última línea: «Si te casas con otra madre, yo me voy de casa».

Esperé una respuesta que no llegó. Pero la mujer pitón desapareció en la selva para siempre.

Puesto que la realidad había resultado ser una tirana sanguinaria

XIII

Puesto que la realidad había resultado ser una tirana sanguinaria, pedí asilo a la fantasía.

Con mis crónicas radiofónicas en voz alta entretenía las paredes del salón mientras las sacudía con un pañuelo azul de lunares blancos que había pertenecido a mamá.

El gesto producía el ruido seco —tic tic— con el que Mi Tío había bautizado el juego. Él era el único iniciado en los misterios insondables que se consumaban al abrigo de la puerta cerrada.

En cuanto empuñaba el pañuelo milagroso, por la pantalla excitada de mi mente empezaban a pasar las imágenes de un futbolista que se llamaba como yo y que aunaba una clase purísima y una fuerza bestial. Después de cada gol, mi doble movía los brazos hacia un punto impreciso de las tribunas, donde una mujer únicamente reconocible por sus cabellos rubios respondía al saludo con un caluroso aplauso.

Si había alguien en casa, y Mita estaba casi siempre, bajaba la voz o ponía un disco para cubrirla. Pero a veces ella abría la puerta de improviso y me sorprendía rojo como un tomate y con el pañuelo de mamá entre las manos.

—¡Estás loco! Se lo diré a tu padre cuando vuelva.

Sudaba muchísimo. De día y de noche, en verano y en invierno. Sudar era mi modo de llorar.

Belfegor no soportaba las lágrimas. Como todos los monstruos del alma, estaba convencido de que actuaba por mi bien. No podía darme amor, pero podía impedir que el mundo me causara dolor: bastaría con no dejarlo entrar. Detestaba la verdad, y su misión era indicarme una vía de huida de las situaciones que presentaban alguna posibilidad de sufrir. Con todo, yo aún no desesperaba de recibir alguna propina de afecto, así que estimulaba mis impulsos autodestructivos con el objetivo de atraer la atención de los demás.

La neurosis más inocua —mirarme continuamente las rodillas— desapareció el día que me puse los primeros pantalones largos. Pero mientras tanto había aflorado otra, más peligrosa.

Durante la infancia había acogido con alegría todo tipo de bacilos. Mamá era una enfermera comprensiva y no existía nada mejor que quedarse semanas en la cama con pústulas en la cara y su voz al lado, dedicada a leer cuentos y tararear canciones. Pero, desde el momento en que la enfermera había abandonado bruscamente su puesto, la intuición me había dicho que ni siquiera ponerse enfermo seguiría siendo lo mismo.

Así pues, Belfegor me inculcó el terror a que tal cosa pudiera ocurrirme. Entraba en mi cabeza sin previo aviso para susurrar sus órdenes perentorias: «Haz tal cosa. De lo contrario, pillarás una enfermedad».

Lo que había que hacer nunca era lo mismo. Detenerme de pronto en medio de la calle para dar dos pasos atrás y uno en diagonal. Darle un pellizco en el trasero a un transeúnte y salir corriendo. Embadurnar con pegamento el asiento del autobús. Propinar un balonazo al cuadro de la Virgen colgado en el despacho del director.

En general se trataba de trabajos de precisión como éste. Las actividades puramente vandálicas eran esporádicas y, en cualquier caso, iban seguidas de arrepentimientos inmediatos: después de haber embadurnado con pegamento el asiento del autobús, me senté yo encima.

La situación llegó al límite un día de verano, en plena excursión campestre con Giorgio y Ginetta. Después de comer, papá se había tumbado sobre la hierba para echar una siesta. Su nuca pelada brillaba a medio metro del tronco de un árbol.

Repantigado a prudente distancia, yo jugueteaba con una piedra puntiaguda cuando Belfegor habló: «Debes hacerla pasar entre el tronco y la nuca de tu padre. De lo contrario, pillarás una enfermedad, una terrible enfermedad».

Lancé la piedra sin la serenidad necesaria y di de lleno en la nuca.

Papá emergió del limbo de los durmientes y arremetió contra mí como una fiera herida.

Eché a correr por un empinado camino de cabras, y él detrás. De vez en cuando le decía jadeando, desesperado:

—Pero ¿es que no te das cuenta? ¡He fallado y ahora pillaré una enfermedad!

—¡Ya lo creo que la pillarás, puedes estar seguro! Espera a que te coja y verás...

No me dejé coger y la fobia de las enfermedades se atenuó. Sobrevino la de los ladrones. Todas las noches recorría la casa palmo a palmo para descubrir si se habían metido en los cajones de la ropa blanca o dentro de la lavadora. Aunque quizá, más que a los ladrones, buscaba su botín. Algo que me había sido robado.

En el transcurso de una inspección nocturna, la visión de una gran caja en el estudio de papá desenterró un recuerdo que se remontaba a mi primera infancia, a un día en que Madrina había venido en mi busca con un signo interrogativo en la mirada.

—¿No habrás visto por casualidad a mamá? No la encuentro.

—Pero ¿qué dices? Está en la cocina.

—¿Seguro? Yo he mirado y allí no está.

Había ido de habitación en habitación llamándola, cada vez más intranquilo y nervioso. Después de haberla buscado hasta dentro del horno, me había atrevido a violar el santuario inexpugnable, el despacho de papá, pero sólo había encontrado una gran caja bajo la mesa.

Entonces me había puesto a llorar y mamá había salido de la caja para abrazarme.

—¡Te hemos gastado una broma!

Me había enfadado muchísimo. Los niños son personas serias, detestan las bromas tontas. Saben que antes o después se hacen realidad.

XIV

Tras haber salido indemne del atentado de la piedra, papá decidió mandarme al psicólogo. En realidad, era un médico de medicina general que había estudiado psicología en los ratos libres. Para mi padre, mandarme a un psicólogo de verdad habría significado reconocer que estaba verdaderamente loco.

El doctor Frassino inundaba sus monólogos de pausas exasperantes y yo salía de aquellas sesiones al ralentí más histérico de lo que había entrado. Lo único que recuerdo de él es la sentencia que emitió: «El carácter se forma en los primeros tres años de vida. Quedarse huérfano a los nueve no produce desequilibrios indelebles, aunque sí acentúa ciertas propensiones».

Traducción: si el pequeñuelo hubiera perdido a su mamá nada más nacer, continuaría tirándole piedras a su papá; dado que la ha perdido un poco más tarde, como máximo le colgará una al cuello.

Eran días en que todo el mundo se arrogaba el derecho a saber quién era yo. Una especie de crucigrama que el padre Calavera nos había colado como test psicotécnico estableció que los estudios superiores más apropiados para mis características serían los de Ciencias Empresariales. Hasta mi padre se echó a reír.

Necesitaba una fábrica de buenos ejemplos que me iluminaran el camino y la encontré en las biografías. Mi pasión por la vida de los demás siempre ha dependido del deseo inconsciente de descubrir cómo habían conseguido sobrevivir al primer impacto con el dolor.

Quería ser tranquilizado sobre mi obsesión: que la herida de la infancia no me hubiera marcado la existencia de forma inexorable. En aquel período leí que Buda y un padrino de la mafia se habían quedado huérfanos de madre de pequeños. Y sin embargo, más adelante habían seguido caminos distintos. Tal vez yo encontraría uno intermedio.

Me habría conformado con tener los pies sobre el suelo. En cambio, caminaba de puntillas como un elfo. Mis suelas sólo estaban gastadas por delante; los talones flotaban en el aire sin hacer nada útil.

Caminaba de puntillas y me miraba continuamente los pies porque no era capaz de alzar los ojos al cielo.

Tenía mis razones. El cielo me daba miedo. Y la tierra también.

Mi Tío me dio un consejo sensato: mientras andas, levanta la barbilla como si tuvieras que tensar un hilo desde ahí hasta el ombligo.

Lo intenté, en serio. Pero choqué contra un poste.

En el fondo, mi vida es la historia de los intentos que he hecho de tener los pies sobre el suelo sin dejar de alzar los ojos al cielo.

Pese a la zancada de elfo, era un futbolista de patio pasable. Algunas tardes de verano me reunía con otros portadores de espinillas de la manzana en una fábrica de repuestos de coche.

Nos dividíamos entre hinchas del Toro y de la Juve, y nos echábamos a suertes el fichaje del único del Inter. Tenía unos años más que nosotros y de cabeza no se le escapaba ni una.

Eran derbis jugados a muerte y casi siempre interrumpidos por causas de fuerza mayor: un obrero que nos requisaba el balón porque le habíamos abollado el coche o una vieja alérgica al ruido que se asomaba al balcón para echarnos encima cubos de agua helada.

Una noche que volvía a casa solo tras un encuentro memorable —suspendido con un resultado de 15 a 15 por requisa de balón—, me rodeó una pandilla de gamberros montados en vespinos. Eran muchos, y todos más grandes que yo.

—¿Qué le has hecho a mi hermana? —preguntó el gamberro jefe, dándole tirones a mi camiseta sudada.

—¿Yo?

—Sí, tú, media mierda. ¿Qué le has hecho, eh?

—Me confundes con otro. No conozco a tu hermana. Y a ti tampoco.

Un lazo negro ondeó en el aire y se transformó en dolor. Creo que me habían golpeado con una cadena.

Caí sobre la acera y los motoristas iniciaron una yincana absurda, trazando círculos cada vez más estrechos alrededor de mi cuerpo.

—¿Queréis dinero? ¡Cogedlo!

Lancé por el aire mi portamonedas, pero después de hacerlo me acordé de que estaba vacío.

El gamberro jefe no se lo tomó muy bien.

—Así que mi hermana tiene razón: eres realmente un media mierda.

Media mierda y hermana. Sólo tenía esos dos conceptos en la mollera y no había forma de ampliar el campo de la conversación.

Su vespino iba a pasar por encima de mis piernas cuando un tipo vestido de gris cruzó la calle. Tomando impulso, me puse en pie de un salto y corrí a su encuentro.

—¡Ayúdeme, quieren matarme! ¡Por favor, acompáñeme a casa, vivo aquí al lado!

El tipo vestido de gris me cogió de la mano y echamos a andar, perseguidos por el enjambre de motoristas: el jefe de la pandilla había visto la vileza en el corazón de aquel hombre.

—Esfúmate, amigo, y déjanos darle una lección a este media mierda. Le ha hecho daño a mi hermana.

—¡No le haga caso, señor! —le imploraba yo.

—¿Qué le has hecho exactamente?

Los gamberros habían empezado a escupirle. Todavía dio unos pasos más antes de apartar su mano de la mía.

—Perdona, pero yo también tengo un hijo..., yo también tengo un hijo...

Su huida fue tan miserable que a los vándalos se les pasaron las ganas de molestarme. Salí por piernas y conseguí ponerme a salvo metiéndome en una panadería.

Olvidé rápidamente sus caras. En cambio, la del tipo vestido de gris visitó durante mucho tiempo mis pesadillas, junto con una pregunta pendiente: ¿por qué todos, fueran madres o desconocidos, en los momentos de necesidad me dejaban solo?

La red de mentiras en la que me movía para ocultar al mundo mi enfermedad existencial se hacía cada vez más densa. Hasta que en aquella maraña de hilos podridos asomó una luz.

Sucedió la mañana de mi decimotercer cumpleaños, cuando sobre la mesilla de noche, junto a la colcha de rombos, encontré un disco de Barry White envuelto en papel de regalo.

—Te lo manda Sveva —dijo papá.

—¿Quién es Sveva?

—Una compañera de trabajo.

—¿Lleva medias de color pitón?

—Que yo recuerde, no.

—¿Y por qué me regala un disco de Barry White? Ni siquiera sé quién es.

—Ya te he dicho que es una compañera de trabajo.

—Me refería a Barry White.

—Ella tampoco lo sabe. Le ha pedido consejo al dependiente de la tienda.

—Y ella a ti, ¿quién te la ha aconsejado?

—¿Es una broma o hablas en serio?

—Es una broma en serio.

—¡Ah!... La verdad es que ese sentido del humor tuyo tan desabrido no lo entiendo.

A papá le gustaban los chistes: están un alemán, un francés y un italiano... Se le daba bien contarlos. En verano, en la playa, todos reían: alemanes, franceses e italianos. Todos excepto yo. A pesar de que ponía en tela de juicio su autoridad, me avergonzaba de él cuando se desprendía de ella para hacer de bufón.

A Sveva le gustaban los chistes de papá. Y papá. Pero yo tampoco le desagradaba.

Vino de inspección a nuestra casa y la mirada de hostilidad que cruzó con Mita le hizo ganar muchos más puntos que el disco de Barry White.

Meses después, en verano, bajamos juntos a tomar un helado. Nosotros dos solos. En la primera esquina me cogió de la mano para cruzar, pero yo me agarroté. Ya no estaba acostumbrado a ese tipo de contactos.

—¿Te da miedo quererme? —dijo Sveva, dándome un beso en la mejilla.

Un beso. A mí.

—Besas como una madre —contesté.

—Yo no seré nunca tu madre. Pero me hubiera gustado mucho conocerla.

—Os habríais hecho amigas. Pero no creo que te hubiera dejado besar también a papá.

Nos echamos a reír y no podíamos parar.

XV

Sveva amaba a un hijo ya mayor al que había criado sola tras la muerte de su marido. Tampoco para ella sería nunca el primero de la lista.

Pese a este contratiempo, nuestra alianza produjo resultados considerables. Convencimos a papá de que jubilara a Mita y me permitiera a mí hacer el bachillerato de letras, pasándose por el forro el test del padre Calavera.

Seguí en el mismo instituto, pero con el famoso Discurso del Higadillo asumí solemnemente el compromiso de mejorar mis resultados a cambio de ser dispensado de la permanencia y del comedor para paladares exquisitos.

Como por ensalmo, me encontré disponiendo de nuevo de mi habitación y de mis tardes, que repartía entre el vocabulario de griego y el desahogo del tic tic.

Había introducido una variante en el juego. Ya no era un campeón de fútbol, sino una estrella del rock. Ponía en el tocadiscos un álbum de Genesis, que le disputaba a Pink Floyd el honor de ser mi grupo favorito, cogía el pañuelo mágico y me transformaba en su cantante, Peter Gabriel.

Mi cabeza estaba siempre de gira. Actuaba ante millones de personas y, una vez localizada entre el público la que me interesaba, susurraba ante el pañuelo-micrófono: «La próxima canción es para ti...».

Entonces empezaban a desfilar por mi mente las imágenes de mi álter ego vestido de luz, que se movía por el escenario entonando *The Carpet Crawlers*. No entendía bien la letra, pero la voz y la música hablaban por sí solas.

Con el Toro gané nada menos que el Scudetto. Sucedió un domingo de mayo y yo estaba allí, en compañía de otros setenta mil, cuando nuestro Graziano mandó el balón a los pies de un defensa del Cesena.

Ninguna persona normal se habría metido nunca entre los pies de un defensa del Cesena. Sólo un ángel emparentado con un héroe. Por suerte, Pulici era ese ángel.

Había debutado en la serie A el mismo año que mamá se había retirado. Una especie de Pinocho espiritado con ojos como de pasmo. Corría tan deprisa que llegaba a los sitios antes que el balón. Pero, en los casos en los que lo encontraba, acababa siempre por mandarlo a las nubes o contra las vallas publicitarias.

Papá decía que deberían ajustarle la alineación de los pies. Alguien le pasó la información al entrenador, porque de la noche a la mañana mandó a Pulici contra una pared. Para ajustar la alineación.

Todos se olvidaron de él salvo los niños. Mientras los mayores miraban el entrenamiento de los titulares, nosotros íbamos a apiñarnos alrededor del terreno donde el Pinocho espiritado jugaba solo contra la pared.

Una vez, la pared se enfadó y le devolvió la pelota estampándosela contra la nariz. Pulici cayó de rodillas y se tapó la cara con las manos, como si quisiera llorar, pero a escondidas.

Entonces me armé de valor y le grité: «¡No aflojes, Pulici!».

No creo que me oyera. En Turín gritamos bajísimo, es una de nuestras especialidades. Pero desde aquel día sus tiros empezaron a hacerse cada vez más precisos y sus músculos cada vez más potentes. Hasta que un domingo el entrenador, sin decirme nada, pensó acertadamente alinearlo para el partido en Cagliari.

Yo no había podido ir porque papá estaba en la cama con gripe, pero, cuando dijeron en la radio que el Toro iba ganando gracias a un gol suyo, abrí la ventana del salón y grité: «¡No aflojes, Pulici!».

Estaba tan contento que un poco más y me caigo.

Desde entonces no había parado de marcar goles. Pero todas sus proezas no habían sido sino un largo avance, en espera de aquel domingo de mayo en que nuestro Graziano mandaría el balón a los pies de un defensa del Cesena.

El ángel descendió a la Tierra como si le hubiera caído algo que llevaba demasiado tiempo esperando ser recogido. Apoyó la frente entre los pies del defensa y entonces el balón, que estaba muerto, echó a volar hasta finalizar su viaje al fondo de la red.

Abrí la boca para gritar, pero no salió nada. Pulici estaba corriendo hacia mí con los brazos extendidos y los puños cerrados. Miré primero las banderas granate elevarse como alfombras voladoras y luego el cielo. Se habían asomado todos: Gigi Meroni y Aquéllos, con unas pancartas bárbaras. Detrás de ellos, apenas un poco apartada, una mujer reconocible únicamente por el pelo rubio participaba en el jolgorio con un aplauso entusiasta.

Me sentía feliz como un idiota. Después de tantas inmersiones en los abismos, por fin tenía ganas de deslizarme sobre la superficie de la vida, alimentándome de la ilusión de ser semejante a los demás.

Belfegor habría tenido algo que decir, pero desde hacía un tiempo estaba menos apremiante. Quizá también él se estaba idiotizando.

Seguía existiendo el problema del espacio vacío en el belén familiar. Sveva vivía con su hijo y papá y yo íbamos todas las noches a cenar con ellos. En invierno era una tortura dormirse delante de la tele en un comedor ajeno y después volver a casa en la profundidad gélida de la noche.

A nuestra casa no venía nadie. Los compañeros de clase, menos que nunca. No quería que vieran que mi casa era más pequeña que la suya y estaba totalmente desprovista de madres. Pero existía el riesgo de que alguno llamara de improviso al interfono. Por eso había quitado la fotografía de mamá de la estantería. La tenía a buen recaudo en el último cajón, bajo una pila de revistas musicales.

Una noche de invierno, mientras fuera caía la nieve, papá me convocó en su despacho.

—¿Adónde ha ido a parar la foto?

Buscó mis ojos sin encontrarlos.

—¿Qué foto? —pregunté.

—La gemela de ésta.

Señaló la imagen de mamá que destacaba tras el cristal de la librería como una isla peatonal en medio de un embotellamiento de biografías napoleónicas.

—No recuerdo dónde la he puesto.

—¿Te avergüenzas de tu madre?

Permanecí callado un rato cuya duración no sabría calcular, pero seguramente inferior a los siete años durante los cuales él había permanecido callado conmigo. Después dije:

—Háblame de cuando murió.

XVI

Un poco antes del verano, mamá había descubierto que tenía cáncer. La habían operado demasiado tarde: el mal ya la había invadido.

En los meses en los que yo estaba convencido de que ya no me quería, ella había consumido su cuerpo en las sesiones de radioterapia, esforzándose en no dejar traslucir ningún detalle que pudiera asustarme. Estaba siempre triste, pero no por ella. Por nosotros. No quería abandonarnos.

El día de Fin de Año, mi padre se había despertado sobresaltado al amanecer y la había encontrado en mi habitación. Estaba estirándome el embozo.

Ella lo había tranquilizado: vuelve a la cama, yo me quedo un rato más aquí. La última imagen que tenía de mamá era su cabeza inclinada sobre mí, mientras fuera caía la nieve.

Probablemente se había encontrado mal en mi habitación. Una opresión súbita debió de inducirla a quitarse la bata. Había recorrido el pasillo para ir hasta el sofá del salón, pero no había llegado.

Él se había despertado casi de inmediato, como por un presentimiento, y había encontrado su cuerpo encogido sobre la alfombra.

La ilusión de que todavía estuviera viva se había desvanecido con la llegada de la ambulancia y el veredicto de los médicos de urgencias: infarto fulminante.

Mamá siempre había estado algo delicada del corazón y el tratamiento, unido al avance de la enfermedad, había destruido las defensas de su organismo. Pero había luchado hasta el final para no dejarnos solos.

—No debes avergonzarte de una madre así —concluyó mi padre.

Me acerqué a la ventana y miré, abajo, el estadio cubierto de blanco.

Quizá le había dado tiempo de ver la nieve. Aquel amanecer de muerte había habido por todas partes: así en la tierra como en el cielo.

Quién sabe si le gustaba la nieve. Yo no lo sabía. No sabía nada de ella. La condición ideal para transformarla en un mito.

XVII

Mamá se convirtió en mi ángel sin mancha y sin miedo. El diablo era la madre de un ricachón del colegio. La veía siempre a la salida de las clases, apoyada con estudiada indolencia en la puerta de su todoterreno. Pelo teñido de rubio, labios agresivos y vaqueros ajustados que desaparecían dentro de unas botas de punta afilada, de color negro, a juego con las gafas de mala.

Tuve una especie de pesadilla. Me despertaba al amanecer durante las vacaciones de Navidad y descubría que habían cerrado mi habitación con llave desde fuera. A través de la cerradura conseguía distinguir en el pasillo un trono ocupado por ella: la rubia del todoterreno. Le había declarado la guerra a mamá y la había matado, tras lo cual había invadido nuestra casa.

Dos desconocidos llevaban a papá a rastras ante ella, sujetándolo por las axilas. De la boca de la rubia salía una voz glacial:

—Dame la llave de la habitación del niño, o te mataré a ti también.

En ese momento aparecía Mita enseñando las encías y con una llave en la mano.

—¡Aquí está, condesa!

La rubia se levantaba del trono y avanzaba hacia mi habitación.

De un salto, me metía en el Submarino y vigilaba la puerta a través de un resquicio entre las sábanas.

La veía abrirse, y entonces en el umbral aparecían una bota negra de punta afilada y... la sonrisa tranquilizadora de mamá con la bandeja de la merienda.

La misma sonrisa de la fotografía que había tenido escondida en el cajón.

Ahora su retrato destacaba entre el póster de Pulici y el de Peter Gabriel. Lamentaba que no tuviese el don de la palabra, pues, de haberlo tenido, le habría pedido algún consejo sobre un espectáculo incomprensible que empezaba a intrigarme más que Genesis e incluso más que el Toro: las chicas.

En mis años de niño feliz, cuando la vida parecía aún una pastelería y yo estaba rodeado de más mujeres que un *playboy*, el universo femenino no tenía secretos para mí.

La primera historia de amor llegó en verano, en un hotel de montaña. Ella llevaba trenzas y se llamaba Cristina. Tenía siete años y un pretendiente de diez, el viejo Antonello.

Un día, Cristina había corrido a mi encuentro con voz gimoteante: Antonello la había hecho caer del columpio.

Yo, para castigarlo, la había emprendido a cabezazos contra su barriga —era demasiado alto para que llegara más arriba— y él había correspondido a mi amabilidad machacándome a conciencia. Pero el dolor más terrible había sido ver a Cristina y Antonello de nuevo juntos en el columpio. Pensándolo bien, no es que comprendiera mucho del universo femenino tampoco entonces.

Sin embargo, estaba mamá, y la herida en el amor propio se curó deprisa. Después de una semana de ardientes columpiadas, entre Cristina y Antonello se produjo una crisis irreversible.

La noche que el hombre pisó por primera vez la luna, Cristina irrumpió en la sala de la televisión, pasó de largo por delante de la butaca donde estaba sentado Antonello como si éste fuera invisible y vino a hablar conmigo.

—¿Vamos fuera a ver la luna?

—¡La luna está aquí! —objetó la madre de Antonello, refiriéndose a la pantalla surcada de imágenes lechosas.

Dejando a un lado el hecho de que Cristina me lo había preguntado a mí y no a su hijo, ¿cómo se podía preferir un televisor al cielo?

Mamá pareció leerme el pensamiento.

—Anda, ve, pero ponte el jersey.

Me estrechó en uno de sus legendarios abrazos y añadió:

—Ten felices sueños. O más bien tenedlos juntos. Cuando se tienen juntos son mejores.

Cristina y yo nos tumbamos boca arriba en el césped del hotel. La luna, de la que se veían tres cuartos, resplandecía en medio de una corona de estrellas y estaba mucho más cerca que dentro del televisor.

Le señalé una mancha en el centro de la corteza rugosa.

—¡Mira, la nave espacial!

—No es la nave espacial. Ése es *Arrosto* —replicó ella con un mohín de disgusto provocado por mi ignorancia—. ¿Sabes guardar un secreto? —continuó en susurros—. Mi madre me ha contado que en la luna ya estuvo hace muchísimo tiempo un italiano, un tal *Arrosto*, a caballo de un *hipogrito*.

—Tu madre no tiene ni idea. La mía me ha dicho que en la luna vive Giovannino el Atrapanapias.

—¿Elapatraqué?

—Es un señor que, cuando dices una mentira, te roba la nariz y se la lleva allí arriba.

—Pero ¿por qué? —preguntó Cristina, temblando, mientras se tocaba la suya para comprobar que seguía en su sitio.

—Pues para comérsela. La mía debe de habérsela comido ya una decena de veces.

Creía haberla tranquilizado, pero entonces profirió un grito. Sobre la superficie de la luna había aparecido una segunda mancha.

—¡Giovannino está acercándose a *Arrosto* para comerse su nariz! —dijo.

—Ya te había dicho que la historia del *hipogrito* era mentira.

—¡Calla!

Me cogió una mano, y aquello me hizo sentir un poco raro.

A través de las ventanas entornadas del hotel llegaban las voces de los locutores de televisión compitiendo por transmitir el momento exacto del alunizaje.

—¡Ha tocado!

—¡Todavía no ha tocado!

Cristina movió de un lado a otro la cabeza.

—¡Pobre *Arrosto*! Cuando los astronautas bajen, Giovannino ya se habrá comido su nariz.

—No te preocupes. Le volverá a crecer.

Y es que a mí siempre me han gustado los finales felices.

XVIII

Desde los tiempos de la luna no había hecho más que dar pasos atrás. Me movía taciturno y cohibido por un escenario superpoblado de hombres y estaba adentrándome en la edad de los amores sin tener ninguna familiaridad con lo femenino.

La contribución de papá consistió en enviarme de nuevo al falso psicólogo. El doctor Frassino me pidió que me bajara los calzoncillos y comprobó las dimensiones del pene para asegurarse de que el trauma infantil no le había afectado.

Todo normal, dijo, te dará satisfacciones. Fin del curso de educación sexual. El de la sentimental corría a cargo de las máximas del padre Nico: «En un caballo, la mujer ve sólo el caballo. El hombre, la caballinidad».

El padre Nico era el profesor de griego, de latín, de religión, de todo. Consideraba a las mujeres un elemento decorativo, como los adornos de nata en las tartas. Sostenía que antes de casarnos con nuestras novias deberíamos hacerles escribir una composición, aunque no estaba claro quién tendría que corregirla después; probablemente él.

Si hubiera nacido en la Edad Media, habría sido

templario. Se contentaba con encarnar la versión católica del superhombre. Dormía tres horas al día, leía sin parar, incluso mientras comía y andaba, y cultivaba obsesiones implacables.

—Yo estoy a favor de la máxima libertad de elección. Si sois de derechas, votad a un democristiano de derechas. Si sois de izquierdas, a un democristiano de izquierdas. Lo importante es que votéis a un democristiano: contra el divorcio y contra el aborto.

En el último curso de secundaria, en vísperas de la emisión de nuestro primer voto, organizamos un test electoral en clase y escribimos los resultados en la pizarra.

Cuando el padre Nico leyó que el PR había obtenido prácticamente todos los votos, nos dirigió un discurso muy apenado. Compartía las posiciones del Partido Republicano en economía, pero en definitiva se trataba de un movimiento laico y era su deber ponernos en guardia contra los riesgos de una deriva en el ámbito ético. Nadie tuvo valor para revelarle que las siglas PR que habíamos puesto correspondían al Partido Radical, la fábrica de comecuras que, según él, era la prueba irrefutable de la existencia del diablo.

Para no robar tiempo a las clases, nos preguntaba entre las siete y las ocho de la mañana. A mí me encantaba el griego, danza de dioses, y el latín, marcha de soldados, me parecía insoportable. Sentía verdadera pasión por Homero, pese a que me hubiera gastado la bromita de Polifemo, mientras que consideraba a Virgilio un poeta de corte sobrevalorado.

A las siete de una mañana de invierno, el padre Nico me preguntó sobre el libro VIII de *La Eneida*, que me había jactado de conservar intacto. Las páginas estaban todavía unidas y tuve que abrirme paso con los dedos, usándolos a modo de abrecartas.

—Traduce a partir del verso veintiséis. *Nox erat et terras animalia fessa per omnis*.

—*Nox erat*... Era la noche...

—Continúa —dijo, y escupió un trozo de uña. Tenía el vicio de morderse las uñas y diseminarlas por los contornos.

—Era la noche... Pero ¿qué clase de verso es este?

—¿Cómo dice Horacio? *Quandoque bonus dormitat Homerus.* A veces, incluso Homero dormita.

—Deje en paz a Homero, padre. Es otra categoría. Virgilio no se limita a dormitar. Ronca y gargajea... «Era la noche» habría podido escribirlo un gladiador analfabeto. O el Servicio Meteorológico de Aviación.

—¡Continúa con la traducción!

—¿Quiere explicarme por qué Dante eligió como guía en *La divina comedia* a Virgilio en lugar de a Homero? Homero estaba ciego, me dirá. De acuerdo, pero quedaban Platón, Esquilo, Sófocles, Eurípides...

—Es una teoría audaz, aunque interesante. Te regalaré medio punto: dos y medio en vez de dos.

—¿Y todo porque no me ha gustado un verso de Virgilio?

—No. Porque ni siquiera te has tomado la molestia de leer los que siguen y has provocado hábilmente una polémica con la esperanza de que me olvidara de preguntártelos.

Adopté mi clásica postura de loco (puños cerrados, ojos en blanco, labios hacia fuera) y salté de la tarima perseguido por una de sus uñas.

—¡Vuelve aquí! —gritó el padre Nico—. Sé que de pequeño la vida te trató duramente —añadió en voz más baja.

—¿Ah, sí? ¿Y quién se lo ha dicho?

Yo no, desde luego, puesto que continuaba alimentando la leyenda de la representante de cosméticos indios.

—Tú crees que le pagas con la misma moneda negándote a crecer. Pero lo único que consigues con eso es perjudicarte a ti mismo. Eres siempre agresivo y polémico.

—Si de vez en cuando alguien me defendiera a mí y no sólo a Virgilio...

—¡Bravo, ya tenemos preparada la coartada! La pobre víctima maltratada por un mundo que le desea todos los males.

—No es una coartada. Si yo...

—¡Los «si» son la marca de los fracasados! En la vida uno se hace grande «a pesar de».

Aun así, me subió un poco más la nota: tres menos menos.

En aquel crujir de sotanas, la única forma de vida asimilable a una mujer era la hija de un compañero de papá que me daba clases de dibujo (me había quedado clavado en los racimos gigantes). Tenía una colección interminable de minifaldas y medias negras. Me agachaba continuamente y fingía que me ataba los zapatos para mirarle las piernas por debajo de la mesa. Desapareció el día que se dio cuenta de que llevaba mocasines.

En mi imaginación veía a una hermana ideal con minifalda y medias negras que aliviaría mi soledad. Aunque quizá no era una hermana. Era una novia. O una madre. O las tres cosas a la vez. No entendía por qué algunos de mis compañeros se pasaban la vida peleándose con las suyas. Habrían hecho mejor en prestármelas.

No existía ni siquiera una vecina de banco a la que escribir poesías y contemplar los pechos a escondidas. Había que conformarse con el colegio femenino de la esquina. Un tropel de mosquitas muertas que pecaban mortificándose. «No hagas eso, que me gusta», era la protesta con que se entregaban al abrazo de algún chico mayor. Pero a mí sólo me decían: «Qué dulce eres...», la señal de prohibido el paso.

Durante la adolescencia, dividía a las chicas en vírgenes inalcanzables y hermanitas de la caridad exprimibles. A las vírgenes no se las seduce. Se las venera. Y yo las veneraba con el corazón desgarrado por su indiferencia. Pero en cuanto manifestaban algún interés por mí, dejaban de interesarme.

A fin de prevenir la angustia de un posible abandono, sólo me dejaba llevar con aquellas sobre las que creía ejercer cierto control. Mi especialidad era el discurso de la indiferencia.

«¿Me quieres?», preguntaban. Yo contaba hasta 11 (el número de la camiseta de Pulici) y a continuación formulaba respuestas no comprometedoras: a) no lo sé; b) tengo miedo; c) me temo que no lo sé.

Bien pensado, un canalla. Y de la peor categoría: los canallas inconscientes.

Pero ¿era realmente así? ¿O la memoria ha manipulado los recuerdos para construirme un autorretrato favorable? Es menos humillante asignarse el título de canalla —¡y por añadidura inconsciente!— que el de cobarde.

Cuando el hijo de Sveva se casó, comprendí que no todos los huérfanos eran iguales. Quien había perdido de pequeño al padre, como él, estaba a sus anchas entre las mujeres. No se enamoraba nunca profundamente porque ninguna de las aspirantes podía rivalizar con la supermamá, pero este obstáculo se traducía en un elemento posterior de fascinación.

Un huérfano de madre era menos atrayente. No tenía el aura del titán solitario. Si acaso, la del polluelo mojado.

Ahora que lo pienso, nunca me relacioné con ninguno. El encuentro con otros inscritos en el mismo club habría eclipsado mi presunción de ser único.

Para amortiguar el impacto con el mundo real, Belfegor había forrado de guata mis sentidos. Nada me apasionaba, ni siquiera la transgresión. No me emborrachaba, no me drogaba y no fumaba porros; como máximo, algún cigarrillo con el estómago vacío. No me gustaban los deportes extremos ni trasnochar: vi más amaneceres en el momento de despertar que en el de irme a dormir. No era ni de derechas ni de izquierdas, sino democrataliberal, que a los dieciocho años es como preferir la quina al cubalibre.

Las utopías políticas me producían tanta angustia como las emociones, los sueños, todo... Incluso mamá. La adoración se desvaneció y sobrevino la indiferencia. Su foto ya no estaba escondida sino, simplemente, olvidada.

Mi mente fluctuaba en los niveles más bajos. No creía en nada, salvo en alguna canción. El estudio de los filósofos materialistas y la excesiva exposición a los curas habían modelado un ateo corrosivo. Dios era una invención del hombre. La muerte era el final de todo.

Me reí en la cara del sacerdote que el primer miércoles de Cuaresma me impuso la ceniza en la frente. Sabía de sobra que volvería a ser polvo y que de mi madre no había quedado nada salvo polvo.

En el corazón de todos los jóvenes hay una huida

XIX

En el corazón de todos los jóvenes hay una huida, y el sistema más seguro que conocen para escapar de sí mismos es enamorarse de la persona que menos les conviene.

En la universidad conocí a la altísima, guapísima y narcisista hasta la médula Alessia. La señorita Primera Vez.

La primera vez que asumí el riesgo de que me dijeran que no (y resultó que el sí llegó antes de que hubiera terminado de hacer la pregunta). La primera vez que conseguí desabrochar un sujetador con un único y armonioso movimiento de la muñeca. La primera vez que hice el amor. Como a menudo ocurre, no fue una experiencia memorable: Alessia parecía preocupada más que nada por evitar estropearse el maquillaje y yo me sentía un ladrón que por fin abre la caja fuerte y la encuentra vacía.

Una vez convertida en mi novia, había seguido rodeándose de una corte de admiradores mudos a los que mantenía en un estado de ambigüedad permanente, jugando con sus ilusiones por el afán de ver confirmado una y otra vez su atractivo. Pertenecía al grupo de personas emotivamente peligrosas que se complacen en su propio egoísmo haciéndolo pasar por sensibilidad.

Yo era el último que podía erigirse en su preceptor moral. «Que tengas felices sueños», me había deseado mamá. Y en cambio yo estaba desgraciándolos uno tras otro.

Me habría gustado matricularme en Filosofía y Letras o en Ciencias Políticas para intentar la aventura del periodismo, pero mi padre nunca había dejado de alimentar algunos de sus proyectos napoleónicos. Me veía licenciado en Economía y después dirigiendo una empresa.

No defendí mi sueño por la sencilla razón de que ya no le prestaba oídos. Los sueños están enraizados en el alma y la mía se encontraba averiada.

Encontramos un compromiso que nos dejara descontentos a ambos y, por lo tanto, fuera aceptable. La Facultad de Derecho.

—Si fracasas en todo lo demás, al menos podrás ser abogado, como imaginaba tu madre —resumió papá con su pragmatismo.

Pero la responsabilidad de aquel error fue únicamente mía. Había elegido la facultad y la chica equivocadas por temor a perseguir mis sueños. Estaba cantado que me estrellaría.

Cuando Alessia me dejó por teléfono, un minuto después de haberme reiterado que me amaba, las defensas se derrumbaron y Belfegor se adueñó de mi cerebro.

Agotadas las patéticas tentativas de reconquistarla, dejé de asistir a las clases en la universidad, bajé las persianas y me atrincheré en mi habitación.

No sé si en amor gana quien huye, pero lo que es seguro es que quien pierde permanece donde está: inmóvil. Me pasaba horas y horas sentado tras la mesa con el único consuelo de las canciones de Police y de un cartón de Camel Lights (en ese Lights estaba toda mi cobardía).

Imbuido del poco psicoanálisis estudiado para el examen de Antropología Criminal, preparé un informe exhaustivo sobre mí mismo, en el cual me certificaba con lenguaje árido, en tercera persona, algunas supuestas verdades.

En el capítulo titulado «Diagnosis», escribía: «Puesto que el trauma determinado por la muerte de la madre ha desviado al Verdadero Yo del sujeto, cualquier cosa que éste haga, piense y diga no le pertenece a él, sino a la personalidad distónica que le ha crecido encima a lo largo de los años. Una especie de intruso existencial».

Pero ¿de qué forma podría «el sujeto» recuperar el Verdadero Yo? De eso se ocupaba el capítulo titulado «Prognosis», en el que las expresiones más utilizadas eran «es preciso» y «hay que», como en los mítines de los políticos.

«Es preciso desactivar el cerebro y los sentidos, inevitablemente implicados. Hay que liberar el instinto, único elemento estructural no contaminado por el trauma.»

Se perfilaban problemas nada sencillos. ¿Quién podía ponerme en contacto con el «elemento estructural» si no lo hacían el cerebro y los sentidos, reducidos ya a piltrafas inservibles? Y, sobre todo, ¿quién me garantizaba que el que inspiraba la escritura del informe era el Verdadero Yo y no el «intruso existencial»?

Las objeciones llevaron mi autoanálisis a un punto muerto en el que se quedó semanas encallado. La iluminación llegó un domingo por la mañana, mientras aireaba la habitación invadida de humo: para volver a ser yo mismo, tendría que airearme también.

Nada de coches ni de trenes, se trataría de un viaje interior. Pondría a cero mi vida, trasladando las agujas del reloj a la mañana en que me había despertado huérfano. Establecí la hora de inicio del nuevo curso: las 11.11 del día siguiente. Pero las 11.11 me sorprendieron en el cuarto de baño, que no era precisamente el contexto ideal para una ceremonia de iniciación.

Belfegor le concedió al Verdadero Yo veinticuatro horas más de tregua, que se convirtieron en cuarenta y ocho y luego en setenta y dos. Me hallaba desorientado.

Tras suplementos posteriores de reclusión y delirio, una noche abrí exultante la puerta de mi habitación para comunicarle a Sveva, la única persona con quien mantenía un simulacro de relación humana, que finalmente había dado con la solución. Para encontrar al Verdadero Yo tendría que restablecer el equilibrio alterado por la muerte de mamá, devolviéndola a la vida con la imaginación también a ella.

Si hubiera sido capaz, habría intentado dibujarla, renunciando por una vez a ponerle racimos de uva en las manos. Me conformé con actualizar su carné de identidad.

Tendría cincuenta y seis años. Bien llevados, aunque me gustaba imaginarla ligeramente rellenita: era demasiado golosa.

Pero ¿con qué voz me habría hablado? Ya no la recordaba. ¿De qué color serían ahora sus cabellos rubios, cuyo perfume se había borrado de mi memoria? ¿Y cómo iría vestida? ¿Todavía con los mismos trajes de chaqueta que cuando me refugiaba en su armario para jugar al escondite?

Me debatía en una jaula mental, preludio de locura.

Un día me aventuré hasta el rellano y me encontré con Palmira, ahora viuda de Tiglio, rodeada por las bolsas de la compra. Examinó mis ojeras, mi barba rala y mis cabellos ya clareando en la nuca. Sobreponiéndose a una repugnancia justificable, me hizo una caricia.

—Ya no eres el que eras, hijo. Has cogido frío. A veces pienso en el calor en el que habrías crecido, si hubiera estado tu querida madre...

«Los "si" son la marca de los fracasados. En la vida se hace uno grande "a pesar de".»

Me había defendido con el manual de superhombre del padre Nico. Pero ahora tenía el alma en el depósito de cadáveres: lo decía también Palmira.

Sus palabras retumbaban en mi cabeza. Las noté bajar hasta la barriga, flotar en un charco ácido y, desde allí, intentar una escalada hasta el corazón.

No resultaba fácil cruzar la barrera de Belfegor. Con todo, me llegó el eco de una voz.

«Si hubieras crecido con tu madre, ahora tendrías menos miedo de caer. Pero también tendrías menos necesidad de volar. A pesar de que ella ya no esté, es hora de que empieces a batir las alas.»

XX

De buenas a primeras dejó de importarme ser el Verdadero Yo. Me bastaría con ser alguien. Y mejor si era otro.

Pero para eso tenía que actuar. Los monstruos del corazón se alimentan de la inacción. No son las derrotas lo que los agranda, sino las renuncias.

Salí de prisión y mi vuelta a la universidad estuvo marcada por una matrícula de honor en Procedimiento Penal. Me faltaban seis exámenes para obtener la licenciatura y, a fin de completar la remontada, pedí ayuda a mis antiguos compañeros. Pero estaban ya terminando la tesis, no podían volver atrás para rescatarme.

Me atrincheré de nuevo en casa y elaboré programas de estudio que actualizaba de hora en hora. Pero el trabajo solitario sobre materias tan alejadas de mis intereses me recordaba continuamente que mi vida se había convertido en una consecuencia inexorable de decisiones defensivas.

Necesitaba escapar y le propuse a Mi Tío que me contratara en su empresa. Él no esperaba otra cosa, pero lo esperaba después: antes tendría que licenciarme. Mi Tío pertenecía a la última generación de nostálgicos de la cultura. En Navidad le regalaba libros de filósofos abstrusos que devoraba con un apetito desordenado y frenético de saber.

Busqué una distracción en los amigos del sábado noche, pero tampoco ellos estuvieron a la altura, o a la bajura, de la tarea. En aquellos tiempos salía con un grupo de estudiantes de ingeniería. Chicos sólidos y concretos que etiquetaban mis tormentos interiores como caprichos y me presentaban a buenas chicas perfectamente olvidables.

Ni siquiera sabían que era huérfano. O, en todo caso, no lo sabían por mí: siempre me había negado a hablar de ello y la presencia de Sveva, que después de la boda de su hijo se había instalado en nuestra casa, me eximía de dar explicaciones.

Por lo general, los jóvenes con angustias existenciales encontraban desahogo en la política o en el mundo del espectáculo. Pero mi energía vital estaba demasiado baja para alimentar el talento creativo. En cuanto a las ideologías, seguían pareciéndome lo mismo que el amor: utopías incompatibles con la naturaleza egoísta del ser humano y en particular con la mía.

Por sugerencia de Sveva fui al gimnasio a eliminar toxinas, pero dos monitores de físico escultural —inmediatamente rebautizados como los Capullos de Riace— me propusieron tomar anabolizantes para ser como ellos y no volvieron a verme el pelo.

Quedaba el recurso del psicoanálisis, pero, para poder tumbarme en un diván, habría tenido que superar la vergüenza y pedirle dinero a papá, que consideraba los sufrimientos de la mente un pasatiempo para ociosos.

Observo que he sembrado los últimos párrafos de «peros». En aquella época eran mi muletilla cotidiana. Vivía con la sensación de que ante mí se alzaba un muro de incompatibilidades contra el que chocaban y se desmoronaban mis entusiasmos de corta duración.

Poco a poco desplacé los libros de estudio hasta los bordes de la mesa y los sustituí por manuales de autoayuda.

Construye tu destino.

Cómo ganar amigos e influir sobre las personas.

La neurosis se puede vencer.

Cómo dejar de preocuparse y empezar a vivir.

Subrayaba en cada libro, con un rotulador fosforescente, las frases más importantes. Pero las frases subrayadas se multiplicaban con cada lectura y al final me encontré manejando unos libros completamente pintados de naranja.

Me aprendí de memoria:

— la introducción de Björn Borg a un curso de tenis de la federación sueca: «Tu problema es que te falta confianza en ti mismo y eso te lleva a perder el control de tus acciones»;

— el poema *If* de Kipling: «Si puedes soñar sin convertirte en esclavo de tus sueños / Si puedes pensar y no hacer del pensamiento tu único objetivo»;

— la poesía anónima «encontrada en la antigua iglesia de San Pablo, en Baltimore», que giraba en torno a los mismos conceptos, pero con menos calidad literaria: «No seas cínico con el amor, porque, a despecho de todas las carencias y desilusiones, es perenne como la hierba». En realidad, acababan de asfaltar el seto que había debajo de casa.

Transformé en un manual de autoayuda hasta *El gran Gatsby*, identificándome con el romántico aventurero cautivado por la mujer equivocada. Desde pequeño, Gatsby había trabajado sobre sí mismo, llenándose los bolsillos de programas: «Dejar de masticar chicle y leer un libro o una revista instructiva a la semana».

Empecé a llenarme yo también los bolsillos: «Hacer once series de once flexiones al día y estudiar español».

Evitaba tocar los dos tomos de Derecho Comercial, pero durante un mes estudié español haciendo flexiones.

Luego, de un día para otro, desmantelé sin ningún pesar ese teatrito suspendido en la nada y levanté otro: «Escuchar todo Mozart y leer todo Jung. Después de once semanas de cura, telefonear a Alessia».

A duras penas habían pasado dos semanas cuando Sveva irrumpió en mi habitación y me quitó a Jung de los ojos y a Mozart de los oídos.

—¿Crees que no me he dado cuenta de que estás tomándole el pelo a tu padre? Has dejado de ir a la universidad, haces los exámenes con cuentagotas o quizá ni siquiera los haces. Alguien con tus aptitudes... ¡Debería darte vergüenza!

Rompió a llorar.

—No valgo lo suficiente para merecer tus lágrimas —repliqué, retórico, aunque en el fondo complacido.

—Tu padre y yo vamos a separarnos. Dice que

quiere recuperar la libertad, que dentro de unos años tendrá la misma edad que tu abuelo cuando murió y que por eso no quiere renunciar a nada.

—Papá tiene miedo de morir y yo de vivir. Podría proponerle un cambio.

—Dice que debemos dejarlo en paz, que se le pasará.

—¿Y qué puedo hacer yo?

—¡Estudiar! Dice que su malestar depende de tu licenciatura, que no llega. Lo has desilusionado, le has quitado confianza en el futuro.

—Entonces estamos a la par. Pero ¿no te das cuenta de que me está utilizando de coartada para justificar sus intereses?

—Quisiera ser tu madre para darte una bofetada. Espero que donde se encuentra ahora no pueda ver en qué te has convertido.

—Tú a mi madre no tienes derecho ni a nombrarla, ¿entendido? ¡Vete! O mejor, me voy yo. Así podréis continuar masacrándoos sin meterme por medio.

Hala, en un pispás había conseguido romper también el último hilo que me mantenía unido a una idea de afecto.

Belfegor podía sentirse orgulloso de mis progresos. Me parecía oírlo murmurar dentro de mi cabeza sus habituales consignas:

«Tú serás siempre distinto de los demás y nadie te querrá nunca de verdad».

Recordé que era verano. Cogí la tienda de campaña del sótano y me reuní con mis amigos ingenieros en un cámping a orillas del Adriático. Pero para curar el alma no basta con cambiar de hospital. Detestaba a mis amigos, el cámping, el mar Adriático, todos los mares del mundo. Me detestaba a mí.

Una mañana me levanté con un dolor horroroso en los extremos de la boca. Estaban saliéndome las muelas del juicio. A los veinticinco años.

Se manifestó el instinto de supervivencia. Podía haber decidido echar por la borda mi vida, pero, aun así, no dejaría que un dentista desconocido me pusiera las manos encima.

Me monté en el primer tren que me llevaba directo a casa. Mientras cerraba los ojos para anestesiar el dolor, desde las lejanísimas playas de la infancia descolló la ola de un recuerdo olvidado, que me invadió con la imagen de un par de gafas bordeadas de negro e inclinadas sobre mí.

Intento escapar de su entrecejo indagador, pero no puedo moverme porque tengo un taladro en la boca. El zumbido de la bestia mecánica se atenúa, muevo el cuello para sentirme vivo y las gafas bordeadas de negro se convierten en una cara completa que habla con mamá y le anuncia que tendrá que quitarme el diente.

Grito. El dentista da muestras de impaciencia. Luego sale del consultorio para ir al de al lado a conversar con un empaste.

—Que el niño se haya calmado cuando vuelva.

—Yo me ocupo de eso, doctor, no se preocupe —dice mamá.

Acto seguido, se acerca al sillón, me quita la servilleta del cuello y me coge de la mano.

—¡Ánimo, huyamos!

Al cabo de un momento estamos fuera, pero una voz taladradora retumba en el hueco de la escalera:

—¿Adónde va, señora?

—Se me había olvidado que tengo que ir a la tintorería a recoger un vestido.

—Las tintorerías cierran dentro de tres horas.

—¡Pero no sabe usted el tráfico que hay hoy!

Salimos corriendo a la calle y nos abrazamos. Entonces mamá me cuenta que, cuando de jovencita habían empezado a salirle las muelas del juicio, había escapado del suplicio de la extracción con toda clase de artimañas.

—¿Y qué pasó al final?

—Pues que fui a que me las quitaran. Pero con calma. También iremos a que te quiten tu diente, señorito. En cuanto tengamos un poco menos de miedo los dos...

XXI

Mis muelas fueron tan juiciosas que me obligaron a pasar los días centrales de agosto en la ciudad.

Durante un partido de dobles mixto entre dos tenistas y dos mediocres (uno de los cuales era yo) conocí a Alberto, otro náufrago del verano que frecuentaba la redacción del *Corriere dello Sport*. Por la noche lo acompañé al partido del Toro, escribí mis impresiones en un papel arrugado y se las regalé.

Cuando, al cabo de unas semanas, él se marchó al servicio militar, fui convocado al despacho de su jefe para ocupar su puesto. Se llamaba Orso y era el primer periodista al que veía manos a la obra. Después de haber hablado con él, pensé que sería también el último.

—Alberto me hizo leer una página demencial y asegura que la escribiste tú —dijo a modo de recibimiento, de pie en el vestíbulo, como correspondía con un aspirante—. No sé muy bien si estás chiflado o si simplemente has tenido una infancia difícil. Una hipótesis no excluye la otra, claro. Pero yo me inclino por la primera: estás chiflado. Por consiguiente, conmigo te encontrarás a gusto. Tu tarea principal consistirá en traerme el café del bar sin derramar demasiado en la escalera. Te lo advierto: no tienes ninguna posibilidad de ser contratado, pero incluso en el supuesto, puramente imaginario, de que un mal día llegaras a coronar tu pesadilla y convertirte en periodista, te doy desde ya mi más sentido pésame, porque es un oficio de mierda. ¿Aceptas?

Respondí que sí y me encontré escribiendo a máquina breves delirios sobre disciplinas deportivas desconocidas para mí, como el juego de pelota a mano y el de pelota con pandero, por una retribución de mil liras la noticia: el precio de un bollo.

Por fin era alguien.

El sueño de escribir se había materializado de forma imprevisible cuando creía que ya no deseaba alcanzarlo. Si un sueño es tu sueño, aquel por el que has venido al mundo, puedes pasarte la vida escondiéndolo detrás de una nube de escepticismo, pero nunca lograrás librarte de él. No dejará de mandarte señales desesperadas, como el aburrimiento y la falta de entusiasmo, confiando en que te rebeles.

Belfegor y yo acordamos una tregua. A cambio de mi renuncia a indagar en las heridas del alma, el monstruo se comprometía a no envenenarme con transfusiones de desconfianza el sueño recién recuperado.

Llevé al periódico pocos cafés y bastantes historias, que poco a poco se convirtieron en artículos: primero firmados sólo con las iniciales; luego, con nombre y apellido completos.

Para proporcionarme algún bollo más, Jefe Orso me consiguió una colaboración en las páginas deportivas de *Il Giorno* de Milán. Y como la vida sabe ser irónica, allí sólo querían artículos sobre la Juve.

Entre tanto, papá estaba despidiéndose de Sveva. Un distanciamiento salpicado de arrepentimientos y escenas. Ella seguía pidiéndome ayuda, pero yo fingía no darme cuenta. Belfegor sabía cómo comportarse en esas situaciones: eludiendo toda verdad que estuviera impregnada de sufrimiento.

Parecía que a mi padre se le hubiera contagiado el mismo mal y, con tal de desviar la atención de sus propias inquietudes, empezó a interesarse por mis metamorfosis. Se movía con la habilidad de un espadachín que conoce los puntos débiles del adversario. En mi presencia ironizaba sobre la vacuidad del oficio de periodista, pero delante de sus compañeros de trabajo leía mis crónicas deportivas como si yo fuera la reencarnación de Jack London.

Era un duelo de nervios y extrañamente yo conseguía resistir. Me sostenía la conciencia de haber encontrado un empleo, y quizá un oficio, sin su ayuda. Sin embargo, una vez cometí el error de preguntarle si mamá habría estado orgullosa de mi elección.

—¡Pobre mujer! —respondió—. Le habría costado una enfermedad. Deseaba para ti un trabajo serio, seguro. En la prensa nunca te contratará nadie.

El siguiente agosto no quedaba ni rastro de dolor de muelas y yo me cocía a fuego lento en el interior de una cabina telefónica en el corazón de Cerdeña.

—Soy el jefe de redacción del *Giorno* —estaba diciendo la voz a través del hilo telefónico—. Enhorabuena por tus artículos sobre la Juve. Como buen hincha, no me pierdo ni uno. Me preguntaba si estarías dispuesto a trasladarte aquí.

—Con mucho gusto. Pero, para mantenerme en Milán con la retribución de colaborador, necesitaría que me tocara la lotería.

—Ya te ha tocado: queremos contratarte... Pero no te hagas muchas ilusiones. Se ha ido la primera firma de las páginas de deporte y sólo podemos sustituirla con un joven porque cuesta poco. Bien, ¿qué dices?

—¿Que qué digo? ¿Qué tal «yupi»?

Colgué y miré con ojos de panoli a la chica pelirroja que me sonreía desde el otro lado del cristal. Después los entorné. Tenía que hacer una llamada interior.

«Contratado en un periódico con apenas un año de experiencia y habiendo empezado desde abajo. ¡Y por fin enamorado! Mamá, si tengo que reunirme contigo, haz que sea ahora. Nunca existirá un momento mejor para morir.»

Así que había sucedido. La escritura me había vuelto arrogante hasta el punto de llevarme a romper unilateralmente el pacto con Belfegor.

Me había enamorado perdidamente. Entre fogatas y guitarras, a orillas del mar y dentro de un saco de dormir. Porque todos, una vez en la vida, tenemos derecho a creer que las canciones del verano han sido escritas aposta para nosotros.

Ella se llamaba como una de mis abuelas, Emma, y era igual de tozuda. Aun siendo la más codiciada del grupo, se la consideraba fuera de concurso. Estaba demasiado unida a un doble del Increíble Hulk que había sido su sueño y seguía siéndolo, a pesar de que habían roto justo antes de las vacaciones y él había llevado sus músculos de paseo por el mundo sin ella.

Había seducido a Emma ante la sorpresa general, y también un poco ante la mía propia. Por fin había sacado fruto de una lección infalible: escuchar. Porque a las mujeres no se las conquista con las cuerdas vocales, sino con los oídos. Los hombres malgastamos tiempo aturdiéndolas con ocurrencias memorables, cuando lo único que nos piden es que prestemos atención a sus pensamientos.

Al amanecer había emergido del saco de dormir con la mirada perdida detrás de arcoíris imaginarios y el deseo de planear los siguientes cien años de mi vida con ella.

Tan ebria de estupor como yo, pero decididamente más práctica, Emma se había puesto a recoger las latas de cerveza tiradas en la playa, mientras yo descargaba la tensión utilizando los dedos gordos de los pies a modo de pinceles para trazar en la arena el perfil de mi amor.

Una amiga suya me preguntó qué animal prehistórico estaba dibujando. ¡Y pensar que con los pies me las apañaba mejor que con las manos!... Después sacó a la conversación el tema del día. «No te embales —fue su consejo—. Aunque Emma y su novio estén en crisis, su relación todavía no ha acabado. Ella se ha implicado muchísimo.»

El sentido común me sugería hacerle caso, pero me había invadido una sensación de omnipotencia que me hacía sentir invulnerable a los golpes de la fortuna. La prudencia tenía que vérselas con la resistencia tenaz del corazón, el cual acababa de asomarse a las estrellas y no tenía ninguna intención de volver a su refugio antisísmico.

Al acabar las vacaciones, me reincorporé a mi

puesto en la antigua redacción en espera de trasladarme a Milán. Una semana después ya estaba impaciente por volver a ver a Emma. Me había quedado sin dinero y no tenía ni idea de cómo pagar otro viaje a Cerdeña. Empezaba a contemplar las hipótesis más disparatadas, incluida la posibilidad de embarcar en un pesquero, cuando Jefe Orso me convocó en su despacho.

—Acabo de leer la entrevista que le has hecho a Michel Platini. Esa donde le preguntas qué piensa del amor absoluto y si es verdad que la distancia mata los sentimientos... ¡Un almíbar impublicable! Echas de menos a la sarda, ¿eh? Pues claro que sé quién es: llama aquí cincuenta veces al día. ¿Te acuerdas de que el domingo que viene tu amado Toro juega en Cagliari? El periódico no mandará enviados, pero he convencido al club de que te deje subir al avión como dirigente acompañante... No me des las gracias, lo he hecho porque así al menos me dejarás libre la línea telefónica. Ah, no estarás riéndote de ella, ¿verdad? Mira que el amor es sagrado... ¿Qué haces? ¿Me abrazas? ¡Pero entonces es que te gusto yo! ¿Y ahora quién se lo dice a la sarda?

Emma había ido a recibirme al aeropuerto con gafas oscuras y un fular de espía para recordarse a sí misma que estábamos manteniendo una relación clandestina. Pero, nada más verme, olvidó la prudencia y corrió a mi encuentro bajo la mirada de las cámaras de una televisión privada que estaba allí para inmortalizar el desembarco de los futbolistas y envió la imagen de nuestro beso a toda la isla.

Dos días después, la sarda me dejó en el vestíbulo de salidas. Se había quitado las gafas y el fular. Me anunció que se consideraba mi novia y que se reuniría conmigo en Milán en otoño. Añadió que, a la vuelta de sus vacaciones alrededor del mundo, seguramente Hulk la dejaría.

No dijo que lo dejaría ella. Pero la negación de las verdades incómodas ya era connatural a mi modo de vivir. Produje la consabida película hollywoodiense y me la proyecté en el cerebro: Hulk volvía del viaje sin haber cambiado, Emma se daba cuenta de que ya no lo amaba y zarpaba hacia su nueva vida conmigo.

Hulk, sin embargo, volvió del viaje y le ofreció casa, matrimonio e hijos. Todo lo que Emma siempre había esperado que él le ofreciera.

Empezó un tira y afloja telefónico. Era un enfrentamiento desigual, y además yo no lo disputaba en mi campo.

Una mañana de noviembre crucé con las piernas temblando la puerta del Palacio de la Información de Milán para firmar el contrato de trabajo. Acababa de colgar el abrigo en el perchero cuando sonó el teléfono sobre mi nueva mesa.

—Hola. Quería desearte suerte. Hoy empieza para ti otra aventura. Para mí también. Dentro de tres meses me caso. Te lo ruego, no intentes ponerte en contacto conmigo. Nos harías daño a los dos.

Sentí el mismo dolor que había sentido en la sala de los lobatos después del anuncio de Baloo. Una cuchara de hielo que penetraba en mi barriga para vaciármela por completo. Aquella sombra inevitable de muerte de la que había huido toda la vida.

Salí a la calle para escapar de la mirada de mis compañeros. Dejé a mi espalda la Piazza Cavour y anduve por Via Turati hasta la Piazza della Repubblica. Le pedí refugio a un banco situado de cara al tráfico y escondí el rostro tras un periódico. Las lágrimas bajaban lentamente, como si salieran de un grifo mal cerrado.

Desgraciadamente, el periódico era un tabloide. Demasiado pequeño para cubrirme todo.

Siguieron momentos duros y literarios

XXII

Siguieron momentos duros y literarios, a caballo entre romanticismo y retórica.

Del período milanés me quedan un par de testimonios escritos. El primero es la novela de Jay McInerney *Luces de neón*, con ese arranque fulminante: «Tú no eres exactamente el tipo de persona que cualquiera esperaría encontrar en un sitio como éste a esta hora de la mañana».

Era un «tú» que habría podido ser perfectamente yo. Un joven abandonado por la presunta mujer de su vida se perdía en las noches de la metrópoli en busca de sí mismo, hasta que descubría que el amor perdido al que siempre se había negado a enfrentarse era su madre muerta como consecuencia de un tumor.

La segunda prueba se remonta al año siguiente y es la hoja en la que había escrito el borrador de una carta a Emma que reproduzco con algunos paréntesis añadidos más tarde.

> Milán, 11 de octubre
> Hola, Emma:
> Son las cuatro de la noche —¿o de la mañana?— y no sé lo que significa tener sueño. (Salta inmediatamente a la vista la influencia de McInerney.)

Te escribo desde el rellano de casa. El periodista con el que comparto la vivienda se ha dormido con la llave metida en la cerradura, pero tiene las orejas forradas de cemento y no hay timbrazo, por largo que sea, que consiga despertarlo. (¿Quería darle pena o hacerla reír? Estaba trazando el retrato de un desgraciado que no consigue ni siquiera entrar en su propia casa.)

Hemos salido de la redacción a las doce, llevando bajo el brazo los periódicos recién impresos y a algunas compañeras simpáticas. (Una mentira patética para ponerla celosa. En realidad, éramos diez hombres con el estómago vacío y a tope de adrenalina.)

Uno de nosotros había sido invitado a la cena de un periódico competidor, pero, como no se atrevía a confesarlo, nos ha dicho a los demás que fuéramos delante, que él nos seguiría con su coche. Qué lástima que en el cruce de Porta Venezia haya girado hacia el otro lado.

En el restaurante había aún bastante gente y cuando hemos conseguido pedir las chuletas era ya la una. Han llegado a la una y media. Con hueso y todo. A las dos ha llegado también el traidor. Se había manchado las manos de grasa para hacernos creer que había tenido un problema mecánico. Y nosotros: «¡Debes de estar muerto de hambre! Menos mal que han sobrado dos chuletas y una ración de patatas fritas». Lo ha rechazado con la excusa de que le dolía el estómago, pero al final ha tenido que comérselo todo, hasta el pastel con merengue, y en ese momento he pensado que iba a explotar. (¡Con qué cara más dura me atrevía a disfrazar de destellos de *dolce vita* aquellas miserables bromas de cuartel!)

Te echo de menos, Emma. No tanto por lo que me diste como por lo que habrías podido darme después, cuando llegué a Milán solo, vivía y luchaba solo, me preparaba la comida solo y le mendigaba a la portera un remiendo en los pantalones. (Le estaba reprochando que no se hubiera trasladado a Milán para prepararme la comida y remendarme los pantalones.)

Acaba de ser mi cumpleaños. Veintisiete he cumplido, pero eso lo sabes. Lo que no puedes saber es que el periódico de mi ciudad —sí, *La Stampa*— me ha ofrecido un puesto en su sede de Roma. Quisiera hablarte de eso. Siempre he soñado con tener una amante que fuera también una amiga y una consejera. Contigo, Emma, había encontrado las tres.

Creía sinceramente merecerte, después de todo lo que pasé durante la infancia. ¿Recuerdas cuando te decía que mi madre vivía en Norteamérica, donde dirigía una multinacional de cosméticos? (Desde la época de la secundaria, le había hecho hacer carrera.)

Las cosas no son exactamente así y algún día te lo contaré mejor. En cualquier caso, creía merecerte. Y que tú me necesitabas. Aunque quizá eso ya no lo creo. (De hecho, se había casado con otro.)

Perdona, estoy escribiendo un montón de gilipolleces y son casi las cinco de la mañana. Eso es, creía que necesitabas a alguien que te escribiera un montón de gilipolleces a las cinco de la mañana. (De nuevo McInerney.)

Creía poder ofrecerte un mundo poblado de personas divertidas. Y otro, más pequeño pero más grande, habitado sólo por nosotros dos. La felicidad, Emma.

La felicidad es hacer el amor a horas extrañas o normales, siempre que sea contigo. La felicidad es crecer juntos, pelearnos hasta ver quién tiene la cabeza más dura y luego, llenos de chichones, subir otro peldaño de nuestro amor. La felicidad es una cita en el bar a la que yo llego tarde. (Bastante curiosa, esta idea de felicidad.) Un problema que te agobia y que resolvemos juntos. Una pulsera que yo te regalo, una camisa que tú me lavas. (Después de haberla remendado, supongo.)

Perdóname de nuevo por esta carretada de pensamientos idiotas. Sólo quería decirte que no echo de menos una mujer. Te echo de menos a ti, que eres una mujer, y qué mujer. Pero que eres algo más: la otra mitad de mí.

No sé si es justo burlarme de mi yo de entonces. Los sentimientos auténticos poseen una dignidad que los preserva del sentido del ridículo.

Escribí decenas de cartas similares. Alguna hasta la envié, sin recibir nunca a cambio ni siquiera una postal. Y las había preciosas en Cerdeña. Una inmortalizaba la playa donde nos habíamos amado. Me la había mandado yo mismo. Todas las noches la miraba y, después de habérmela grabado en la mente, cerraba los ojos para notar el olor de los besos y del mar.

El recuerdo idealizado de su rostro se diluyó poco a poco, aunque nunca del todo. Necesité dos años para recuperarme, o sea, para volver a sentirme mal como antes de haberla conocido. El dolor produce desgarrones que permiten mirarse por dentro. Pero yo seguía mirando hacia el lado equivocado.

Haber perdido de nuevo el amor me empeoró. Me empeñé en renegar del pasado. No respondí a una última carta de Sveva y, con ímpetu autodestructivo, incluso dejé de devolverle las llamadas a Mi Tío, la única persona que todavía me hacía sentir parte de algo.

Después desembarqué en Roma, la gran loba que lame todas las heridas.

XXIII

En el cajón más remoto de mi mesa conservo una caja redonda. En sus años prósperos ofreció hospitalidad a tres capas de galletas danesas, pero desde hace tiempo se ha convertido en caja fuerte de los recuerdos de una vida.

Revolviéndola aparece, al fondo, el primer cuaderno escolar. Uno con una pantera en la cubierta y el íncipit que marcó el inicio de mi carrera literaria: «Es otoño i caen las ojas». Luego el cadáver deshilachado del pañuelo de lunares de mamá con el que sacudía las paredes de casa durante las sesiones de tic tic. Y el esqueleto de la boquilla que tuve varios meses entre los labios después de haber dejado el Camel Lights, y en la que soplaba como un árbitro en el silbato o como una locomotora cada vez que sentía el deseo de aspirar.

Además de eso: una foto de Alessia la narcisista en una fiesta de disfraces (va vestida de faraona). La nota que una novia sensible me había metido disimuladamente en el manual de Derecho Privado: «Sea cual sea la tontería que estés escuchando en clase en este momento, piensa que esta noche estaremos juntos». La carta jamás enviada a Emma. Y su rostro, inmortalizado por una polaroid. El rojo encendido de sus cabellos se había difuminado hasta convertirse en una mancha más reflexiva, rosada.

Los años de Roma viven arriba de todo de la caja y empiezan con una portada de *Playboy* que lleva grapada la fotocopia de una plegaria budista.

Los budistas romanos se reunían todos los jueves por la tarde cerca de la plaza de San Pedro, en una casa que, irónicamente, daba al bastión de la cristiandad.

Era un edificio de antigua y torva nobleza, desprovisto de un ascensor en uso y con los peldaños muy bajos para permitir que las ruedas de las carrozas se deslizaran por encima.

La primera vez que me decidí a ir, no vi por los alrededores ni una (el servicio había sido interrumpido hacía algunos siglos) y tuve que sudarme los seis pisos de escalera a pie. La gimnasia del alma favorece las subidas. Me consolaba pensando que tampoco Moisés había recibido las tablas de los Diez Mandamientos en el sótano.

Mientras dejaba los zapatos en el rellano, un sonido de órgano me trajo el eco de algunas misas católicas de la infancia. Lo que lo producía era la fusión de las voces que repetían un mantra.

Cohibido, entré en la sala de la oración y me senté también en el suelo, en la postura recogida del loto, hasta que un laico calambre en la pantorrilla me obligó a descruzarlas y estirarlas hacia un lado como una bailarina.

El responsable del grupo declaró abierta la reunión. Llevaba una barba como la de Che Guevara y probablemente había sido partidario suyo en la juventud, antes de desviar sus inquietudes revolucionarias de la sociedad a sí mismo.

Los presentes contaron por turnos los beneficios que la práctica budista había aportado a sus existencias. En aquel salón se hallaba expuesto un muestrario completo de la humanidad. Personas de todo tipo, aunadas únicamente por el encuentro con el dolor.

Me impresionó el rechazo del victimismo. Una chica que había dejado la droga reconoció que, en el momento más bajo de su recorrido, había pensado que hasta los árboles se apartaban para no darle sombra. La oración le había levantado el ánimo vital. Ahora sabía que las causas de sus problemas tenía que buscarlas dentro de sí misma.

Cada confesión terminaba con un aplauso colectivo, que sonó incluso cuando un estudiante universitario de aire jovial anunció que el recitado del mantra le había resuelto los problemas de aparcamiento.

Los aplausos, los aparcamientos... Aquello era demasiado para mí. Pero justo en ese momento Agnese decidió presentarme a los asistentes.

—Él tiene un problema con la figura del padre...

La había conocido en las callejuelas del Trastevere el invierno que siguió a mi llegada a Roma. De noche, acabado el trabajo en el periódico, frecuentaba la tribu de los Eternos Aspirantes: actores en busca de directores, directores en busca de productores y productores en busca de dinero, que se perseguían de una terraza a otra para conseguir tan sólo vagas promesas de invitaciones a cenar.

Agnese trabajaba realmente como actriz, pero más que nada lo era. Rubia, sensual y dotada de una comicidad inconsciente, había actuado en una película de éxito, inspirado las fantasías de los adolescentes desde una portada de *Playboy* (donde sólo llevaba un biquini de tachones de cuero) y experimentado toda clase de emociones con un marcado predominio de las más dañinas. En el umbral de los treinta años, el encuentro con el budismo la había apartado de la hoguera de las vanidades para transformarla en una guerrera del espíritu.

Era la primera vez que yo albergaba a la fe en el dormitorio. Todas las noches, Agnese se arrodillaba ante una capilla portátil y recitaba su mantra. La veía salir de aquel cuerpo a cuerpo consigo misma completamente regenerada. Me había atraído hacia Buda con la técnica irresistible —una alternancia de alusiones y miradas dolientes— que las mujeres utilizan cuando quieren inducirte a hacer algo sin pedírtelo.

Me había tomado tiempo antes de decidirme a acompañarla a una reunión, interponiendo escrúpulos religiosos inexistentes.

—Él tiene un problema con la figura del padre...

—¿Con la figura del padre? Más con la de la madre —objeté.

—¿Con la madre o con el padre? —preguntó la anfitriona, que controlaba las varitas de incienso.

—Yo tengo problemas tanto con la figura de la

madre como con la del padre —intervino una chica a la que me parecía haber visto en un programa de televisión.

—¡Yo también!

—¡Y yo!

—¿Lo ves? Aquí nunca te sentirás solo —concluyó Agnese, ensanchando su fotogénico rostro en una sonrisa beatífica.

—Pero yo no tengo problemas con el padre. Es decir..., los tengo, pero no son fundamentales.

—¿Ah, no? ¿Y entonces por qué se te olvida siempre pagar las facturas y ni siquiera sabes cambiar una bombilla?

—¿Hace falta que cuentes mis intimidades? ¿Qué tiene que ver mi padre con las facturas y las bombillas?

—¿No me has dicho siempre que es un hombre práctico? Tú te niegas a serlo para fastidiarle. Es tu modo de marcar la diferencia.

—Mi problema es que estoy enamorado, pero no soy feliz.

No sabía por qué me había salido aquella frase. Quizá me la había inspirado Belfegor para alejar la conversación de un tema que le molestaba.

Los ojos de todos se volvieron hacia Agnese con expresión interrogativa. Excepto los de Che Guevara, que se clavaron en mí.

—Has hecho un descubrimiento importante. El amor no basta para hacer felices a los seres humanos. La felicidad no es hija del mundo, sino de nuestra forma de relacionarnos con él. No depende de la riqueza, de la salud, ni siquiera del afecto de otra persona. Depende sólo de nosotros. Por lo tanto, todos podemos experimentarla. Ánimo, repitamos: yo puedo ser feliz.

—Yo puedo ser feliz —entonó el coro.

—¿Estás de acuerdo? —me preguntó el Che.

—En abstracto, sí. Pero la vida no es un mantra para botarates. En el estómago de todos flota una injusticia que hemos sufrido y consideramos inaceptable. La prueba de la inexistencia de un diseño superior que, de haberlo, jamás habría podido permitirla. Para sobrevivir al dolor, nos hemos visto obligados a construirnos una coraza de cinismo que nos protege de la verdad.

—¿Cuántos años tienes?

—Casi treinta.

—Es la edad de los primeros balances. Sé lo que sientes; he pasado por ahí. Tienes la sensación de haber vivido a lo largo de un plano inclinado que te ha traído hasta aquí, como si fueras el producto de elecciones hechas no por influencia tuya, sino de los que te rodeaban. ¿Has crecido con una madre invasiva?

—Bastante invasiva, sí —mentí, aunque, después de todo, no demasiado.

—¡Mi madre también es una pesada! —dijo el estudiante jovial que encontraba aparcamiento.

—Aceptad a vuestras madres —prosiguió el Che en un tono quedo que atenuaba el énfasis de sus palabras—. Sólo así podréis aceptaros a vosotros mismos y salir al encuentro de la vida sin sentiros perseguidos, sino con esa ligereza vigilante que es el secreto para tener fortuna.

—¿Cómo se acepta uno a sí mismo?

—Cada vez que te arrodilles para recitar el mantra, ponte el objetivo de hacer las paces con tu madre.

Entonces podrás mirar a la verdad a la cara, disipando las brumas que la ocultan a la mirada de los débiles de espíritu. Si quieres cambiar los efectos, cambia las causas. La vida responde. Siempre.

Después de aquella noche, las preguntas colgadas del techo volvieron a bajar. ¿Por qué mi madre había muerto tan joven? ¿Hasta qué punto habría sido distinto y mejor, si hubiera crecido con el calor de una familia? Puesto que la madre es el primer maestro de amor que tenemos, ¿sería un repetidor toda la vida?

Reza y encontrarás las respuestas, había dicho Che Guevara. Recé en japonés, pero las respuestas no llegaron. Entonces empecé a buscarlas de nuevo en los libros, en las canciones, en los diálogos extenuantes conmigo mismo.

Una noche, después de haber hecho el amor, Agnese se acurrucó entre mis brazos y yo me esforcé en acomodarme a su plácida respiración. Pero, antes de hablarle, esperé a estar seguro de que dormía.

—Quisiera tener valor para decírtelo al menos a ti —susurré en su axila—. Mi madre murió cuando yo tenía nueve años. Se resistió hasta el último momento por amor a mí, pero no consiguió ganar. Y yo sigo sin poder aceptarlo, ¿comprendes? Debo encontrarle un sentido a esa injusticia. En las tragedias griegas que a ti tanto te gustan hay siempre un vengador que restablece el equilibrio ofendido. Pero ¿con quién puedo vengarme yo? ¿Con el Dios que la mató? ¿Cómo, si no sé dónde vive ni qué forma tiene? Además, tu Buda me contestaría que la venganza no restablece el equilibrio. Sólo crea las causas de desequilibrios nuevos.

A la mañana siguiente me desperté con el olor del café y la sonrisa de Agnese sobre mí.

—Esta noche he tenido un sueño extraño —dijo—. Había un mentiroso en la cama que me decía la verdad.

—¿Y tú lo querías un poquito?

—Yo le decía: deja de cavilar y empieza a escuchar.

—Excelente consejo. ¿Qué sugiere el chef para desayunar?

—Una cura reconstituyente.

Me tendió la bandeja con un capuchino, un cruasán y la fotocopia de una plegaria budista.

> Debemos ser dueños de nuestra mente sin dejar que la mente se convierta en nuestra dueña.
>
> Amigos míos, despertad en vosotros una profunda fe y abrillantad el espejo de vuestra vida sin la menor negligencia, día y noche.
>
> Conquistad el dominio de vuestro yo, sujetando hábilmente las riendas de ese caballo rebelde llamado mente. Y corred, corred...

XXIV

No sabía montar a caballo y la mente me desarzonó. Todavía estaba demasiado invadida de cerebralismos para dejarse domar por la espiritualidad.

Me refugié en las certezas del ambiente de trabajo: ese circo de periodistas, políticos e intelectuales que había elegido como residencia favorita las terrazas más espaciosas de Roma. Intercambiar cotilleos con los poderosos era un sistema probado para no cuestionarse jamás.

Sin embargo, ni siquiera allí me sentía aceptado. Mi especialidad consistía en encontrarme incómodo estuviera donde estuviera. Entre los espirituales afloraba mi sentido del humor, una vocecilla petulante que me impedía tomármelos demasiado en serio. Y entre los intelectuales, el alma sedienta de infinito, que se sentía engañada por su discurso árido.

En la caja de galletas no queda ni rastro de esto. Hay, no obstante, un globo pinchado que envuelve mi viejo pasaporte. El que lleva el visado de Maybe Airlines.

Como consecuencia de una concatenación irrepetible de circunstancias, el verano de mis treinta y tres años me sorprendió en una cabina telefónica de un aeropuerto militar, con una mujer al teléfono y un chaleco antibalas alrededor de la barriga. Me había casado cuatro meses antes, pero no con Agnese. Nuestro amor había sido más un puente que un puerto de arribada: nos habíamos despedido sin escenas, con un sentimiento recíproco de gratitud y de postración.

Me había recogido una colega arisca con los demás pero infinitamente dulce conmigo, que había leído a todos mis escritores extranjeros preferidos —aunque ella sin necesidad de la traducción— y en ese momento estaba dándome un curso acelerado de entrenamiento autógeno por teléfono.

—¡Tú eres el hombre más valiente del mundo!

—Perdona, ¿con quién estás hablando?

—¿Prefieres que te tache de cobarde?

—Tendrías razón. Estoy cagado, y te aseguro que no es una metáfora... Oye, yo a Sarajevo no voy. Es una ciudad sitiada. No hay luz, ni agua, ni gas. Y la gente se dispara en las calles.

—Lo sé y me da mucho miedo. ¡Pero también sé que las cosas te irán bien!

—¿Qué tengo yo que ver con la guerra? Hasta hace tres años escribía sobre deportes. Y desde que he empezado a ocuparme de política, el mayor peligro que he corrido ha sido tomar un café con un ministro.

—¿Lo ves? La gente piensa que eres un humorista, capaz únicamente de ver el lado gracioso de las cosas.

—¡Y a mí qué me importa la gente! —mentí.

—¡Sube a ese avión y acaba con todos!

Bajo la influencia de mi diosa de la guerra, me

ajusté el chaleco antibalas sobre el pecho y subí a bordo de un bombardero de la ONU cargado de alimentos, donde me hice un hueco entre las cajas de atún en conserva.

El impulso emotivo sobrevivió al despegue, pero se agotó en las proximidades de Sarajevo, en cuanto el piloto alemán me señaló las bocas de los cañones serbios camuflados entre la vegetación.

—Si nos abaten, mañana las Naciones Unidas difundirán un enérgico comunicado de protesta —dijo en un inglés áspero.

Yo, en cambio, para gritar elegí el italiano.

—¡¿Qué hago aquí?!

El chaleco antibalas no conseguía protegerme de un miedo vergonzoso a morir. Para combatirlo, me puse a hablar en voz alta con mamá.

—Soy un cobarde... ¿No lo crees? Fíate de mí, soy un cobarde. El drama es que quizá también lo he sido al casarme.

Mi tono tenía la sinceridad de los momentos decisivos.

—El problema no es mi mujer. Comprometida y decidida: ya la has oído antes por teléfono. Soy yo, que necesitaba una cuesta arriba y en cambio he tomado un atajo. He intentado cambiar mi vida sin cambiar yo. Me he contado el cuento del amor entre iguales y de la unión de dos soledades. Y además está su familia, que es firme, acogedora, es una familia: ¿cuándo he tenido yo una, después de ti? Pero así no crezco, mamá. Ni siquiera el día de la boda era un esposo, sino el huérfano de siempre. Una cola de vergüenza me llegaba hasta el suelo durante la ceremonia. Temía la reacción de los invitados al descubrir que tú sólo existías en las mentiras que les había endilgado todos estos años. Aunque tengo que reconocer que tu ausencia los dejó impertérritos. Parecían más interesados en los canapés.

Era una sesión de autoconciencia a gran altura, en el punto de mira de los cañones: estaba explorando la última frontera del psicoanálisis.

—Sigo siendo el elfo deprimido que anda de puntillas y con la cabeza gacha... Sin embargo, mientras le ponía la alianza en el dedo, estaba convencido de que veía el cielo.

El piloto y su segundo no entendían italiano y me lanzaban extrañas miradas. ¿Pensarían que hablaba para una grabadora? Lo dudo. Por sus sonrisas condescendientes, me inclinaría a decir que consideraban que había perdido la chaveta.

—Mamá, ¿y si me hubiera casado realmente por miedo? Sí. Miedo a perder algo de lo que ahora me doy cuenta que podría perfectamente prescindir: la ilusión de una estabilidad y una seguridad que sólo son simulacros de los felices sueños que me deseabas de pequeño. Pero déjame aterrizar vivo en Sarajevo y te prometo que haré despegar mi matrimonio... Daré inmediatamente una buena sacudida a las viejas costumbres para empezar de nuevo partiendo de los sentimientos más simples.

Por ejemplo, queriendo a Matt, el soldado escandinavo de la ONU con el casco coronado por un par de cuernos que me recibió en el aeropuerto, entre hangares destrozados y barracones espectrales.

Recibirme no es el verbo apropiado. Me agarró

del cuello y me llevó en volandas a lo largo de la pista, fuera del alcance de los francotiradores y hasta la aduana, una trinchera enfangada en la que iban a la deriva los restos de un escritorio.

Matt se sentó en el borde y manchó con un sello la primera página en blanco de mi pasaporte.

Maybe Airlines, la Compañía del Quizá.

—Es el visado de entrada —dijo, riendo—. ¿Te gusta el nombre? Ha sido idea mía.

Lo recompensé con un cigarrillo.

—¿Tú no fumas? —me preguntó, aspirando con avidez.

—Lo he dejado hace poco.

Era verdad. Me había fumado el último durante el viaje de novios, en lo alto de una pequeña colina rebautizada para la ocasión con el nombre de Cerro Pulmón.

Aun así, me había llevado un cartón, imaginando que en la guerra los escrúpulos sobre la salud se debilitarían. Pero tenía intención de inaugurar mi nueva vida con un gesto de generosidad. Puse la mochila boca abajo y diez paquetes de Camel Lights cayeron entre los brazos del guerrero vikingo, que me bendijo en una lengua de la que sólo entendí la sonrisa.

Por ejemplo, queriendo a Salem.

XXV

El hospital de Sarajevo oscilaba como un galeón fantasma sobre oleadas de polvo, entre edificios ennegrecidos y calles destrozadas. Una enfermera se obstinaba en restregar el suelo con un trapo inexorablemente seco, mientras una horda de madres endurecidas por la desesperación perseguía a los médicos por los pasillos y les tiraba de las batas, implorando y amenazando.

Era una de esas situaciones en las que incluso la caridad se ve obligada a elegir. Las Naciones Unidas habían fletado un avión para trasladar a Londres a cuarenta niños en condiciones desesperadas. Los médicos recorrían los diferentes servicios y establecían jerarquías de desgracia que cambiaban continuamente porque todos los días moría alguno. Acababa de quedar libre un puesto y las madres se lo disputaban como leonas, dispuestas a todo con tal de ganarse un ascenso en aquella absurda lista de espera.

La habitación 51 del servicio de pediatría daba directamente a la calle desde que una bomba había abierto brechas en las paredes y roto los cristales de los ventanales. No quedaban ni alimentos, ni goteros, ni sábanas limpias. Sólo familiares agolpados alrededor de las camitas. En la única sin visitantes, la más alejada de la puerta, yacía un niño de cabellos tan negros que parecían azules.

Su soledad me atrajo. De la boca le colgaba un chupete rudimentario y manifiestamente inadecuado para su edad. Un pedazo de tela manchado de sangre subía y bajaba sobre el pecho, en sintonía con la respiración. Con una mano apretaba un globo pinchado.

Lo acaricié y prorrumpió en un agudo:

—*Mama! Dada!*

—Llama a sus padres —intervino el doctor Joza.

Era un enfermero, pero todos lo llamaban doctor. Se había ganado la promoción sobre el terreno.

—Salem es huérfano. A sus padres les cayó una bomba encima el mes pasado. A él, en cambio, un francotirador le ha disparado en el estómago.

Existía un ser humano en esa ciudad que, por mosqueos a cuenta de la raza, se había apostado detrás de una cornisa, había encuadrado en su mira telescópica a un niño que jugaba en la calle con un globo y le había disparado en el estómago.

—¿Está en la lista para ir a Londres? —pregunté.

El doctor Joza negó con la cabeza.

—Ninguna madre lucha por él.

Fue como si dentro de mi cabeza hubiera sonado el disparo de salida de una carrera de obstáculos.

—Intentaré yo sacarlo de aquí.

Atosigué a funcionarios de la ONU y a diplomáticos ingleses, pero ninguno llevaba su lista en el bolsillo. Se limitaron a incluir a Salem al final de sus relaciones de nombres en muestra de cortesía.

La única esperanza eran los dólares que guardaba en el chaleco antibalas. Hicieron falta cien para obtener un nombre.

Comandante Ciuka.

El intérprete me condujo a la cita a través de calles limpísimas. En Sarajevo los barrenderos trabajaban más deprisa que la guerra.

Como todos los habitantes de la ciudad atrapada, nosotros también andábamos todo el tiempo por el mismo lado de la acera, el que quedaba fuera de la mira de los cañones de los sitiadores. Cada dos pasos levantábamos la cabeza hacia los tejados de las casas para comprobar si había algún francotirador. De fondo se oía la música lúgubre de los fusiles disparados quién sabe desde dónde, por quién y contra quién, pero disparados de forma continuada, a intervalos breves.

El comandante Ciuka nos esperaba en un bar lleno de humo, con las paredes cubiertas de pintadas estudiantiles que recordaban los eslóganes del sesenta y ocho. Lo había comprado gracias al botín de los atracos a bancos. En su vida anterior había pasado largas temporadas en la cárcel por ladrón, pero, en cuanto Sarajevo se había convertido en una prisión a cielo abierto, había armado a treinta jóvenes de su barrio y se había autoproclamado su jefe.

Existe una frontera entre humano e inhumano, y es el sentido de justicia. El comandante Ciuka no era una buena persona. Era una persona justa. Había puesto a salvo a los ancianos de la zona y entablado batalla para recuperar un quintal de harina, que había regalado a los huérfanos refugiados en una cueva junto al río. Cada vez que iba a verlos con su Mazda flamante y a todas luces robado, los niños le acariciaban las manos, que él no apartaba nunca de la metralleta.

Le conté la historia de Salem y puse un fajo de dólares encima de la mesa.

—Los cojo, pero no para mí —dijo—. Harán falta para engrasar las cerraduras.

Volví al día siguiente y me enseñó una lista con todos los sellos en regla: el nombre de Salem estaba junto al número 11. Mi preferido.

Antes de despedirse me dio un globo rojo.

—Llévaselo a ese niño de mi parte.

Así pues, entré en el hospital más triste del mundo con una sonrisa en la cara y un globo entre los dedos.

Atravesé la habitación 51 y vi a un montón de gente alrededor de la cama de Salem. Por un instante esperé que fueran sus parientes musulmanes, pero eran igual de rubios que el niño con tirantes tumbado en el camastro y concentrado en devorar un puré de patatas en polvo.

El doctor Joza me puso una mano en el hombro.

—¡Lo hemos conseguido! —le dije adelantándome a él—. Salem está en la lista. Aunque, por lo que veo, está un poco mejor. ¿A qué servicio lo habéis trasladado?

—Salem ha muerto. Esta mañana.

Estreché el globo en un abrazo de rabia hasta que explotó entre mis manos.

—¿Quiere que lo acompañe a verlo? —me preguntó el doctor Joza.

—Gracias. No hace falta.

Cerré los ojos y lo vi. Joven, adulto, viejo, como nunca sería, y luego de nuevo niño: con aquel agujero en el estómago que yo no había llegado a tiempo de llenar.

Una vez más me había hecho la ilusión de que la vida era una historia con final feliz, mientras que no era sino un globo inflado por mis sueños y destinado a explotarme siempre entre las manos.

En Sarajevo pasé un mes en hoteles sin agua y sin luz, viendo niños sin madres y sin pies: se los habían dejado sobre las minas.

Al lado del suyo, mi drama infantil volvió a darme pena. Era mi drama de adulto lo que ya no me la daba. ¿De qué me estaba sirviendo esta vida que tenía tanto miedo de perder?

Antes de volver a Roma, ayudé al intérprete a sacar unos libros de su casa bombardeada. Vi un ejemplar en francés de *Los miserables*, de Victor Hugo, y busqué una frase en las últimas páginas. Sabía que estaba allí.

El protagonista, Jean Valjean, está a punto de apagarse en su lecho y Cosette, su hija adoptiva, le implora que resista. No quiere que muera, pero aquel gran hombre justo la tranquiliza: *«Ce n'est rien de mourir. C'est affreux de ne pas vivre»*.

Morir no es nada. No vivir es terrible.

Una vez restituido a la vida de siempre, caí en la vida de antes. Al cabo de un tiempo dejé de levantar la cabeza cada dos pasos para sorprender francotiradores en los tejados del Trastevere. Incluso el recuerdo de Salem empezó a borrarse. El egoísmo y la ironía eran los escudos de Belfegor tras los cuales volvía a esconderme para no sufrir.

Olvidé la promesa hecha a mamá, y mi matrimonio, tras un año de dificultades, descarriló la noche en que mi mujer me comunicó que había sonado la alarma del reloj biológico.

Retrocedí contra las puertas del armario empotrado, casi para marcar físicamente las distancias entre su impulso y el mío. Me había pasado la vida lamentando la ausencia de una familia. Y ahora que podría construir una, me daba cuenta de que me aterraba.

Así que no es verdad que se desea lo que nunca se ha tenido. Cuando uno está mal, prefiere lo que le pertenece desde siempre.

Las víctimas tienden a reproducir los esquemas de su pasado, y en el mío estaban las comidas navideñas con Mita y papá. Cuando pensaba en un hijo, yo no veía a un heredero, sino a un huérfano potencial.

Cansado de mis silencios, Mi Tío había dejado de buscarme. Pero durante los tormentos de la separación de mi mujer le hizo saber a papá que le gustaría pasar unas horas conmigo. Estaba enfermo y le quedaba poco tiempo de vida.

Nos vimos en casa de mis padres, donde habíamos pasado tantas tardes hablando del Toro, del tic tic, de los libros que sólo él había leído realmente.

Se había quedado calvo por efecto del tratamiento, pero sus ojos seguían siendo iguales que los de mamá, azules y límpidos.

Debería haberle pedido perdón y haberlo querido sin reservas. Quizá habría conseguido diluir con un gesto de afecto todas mis angustias. Sin embargo, la incomodidad me impidió romper la costra de las frases hechas. Mi nuevo escenario eran ahora las terrazas de Roma y miraba con fastidio mal disimulado la simplicidad de mis parientes. Ahora que lo pienso, era repugnante.

Cuando Mi Tío se apagó en su cama como Jean Valjean, su mujer me envió a Roma la caja de cerillas con la que mamá se había encendido el último cigarrillo antes de sentirse mal. La habían encontrado sobre el alféizar de una ventana y él la había venerado como una reliquia.

Así me enteré de que, a punto de morir de infarto, mamá había encendido un cigarrillo. Una loca rematada. Como yo. Pero toda corazón, como yo ya no lo era.

XXVI

Fueron las mujeres las que me sacaron de los bajíos en los que había encallado, quizá para recompensarme por la deserción en masa llevada a cabo durante mi infancia. Allá donde me volviera había un rostro femenino dispuesto a sonreírme: la amiga que me encontraba un apartamento de alquiler en su rellano, la señora de la limpieza que se parecía a la tata siempre anhelada, la compañera de juegos nocturnos que me aceptaba por lo que podía darle: sinceramente, no mucho.

El matrimonio súbitamente marchitado tras un inopinado florecimiento había producido en mis humores sexuales una consecuencia que se traducía en desgana. Me inflamaba con la misma rapidez que me apagaba.

Las operaciones de desenganche se veían complicadas por la constancia de las víctimas, que no acababan de entender mis cabriolas emotivas. Me comportaba como esos hombres que, careciendo de la decisión necesaria para separarse de la mujer que ya no desean, se dejan deslizar hacia los márgenes de la relación con aire de ser empujados por ella.

Después de dos años haciendo papelones, decidí mantenerme alejado de todas para no estropearle la vida a ninguna. La abstinencia voluntaria me reforzó. Empezaba a sentirme autosuficiente, y una noche de verano fui a tomar el fresco a una terraza romana con la íntima convicción de que podría prescindir del amor para siempre. Fue entonces cuando me sorprendió por la espalda mi alma gemela.

Estaba explicándole a un par de amigas que ni siquiera la vulgaridad de algunos individuos (me refería a un colega que servía la lasaña en los platos con las manos) lograría hacerme perder la confianza en el progreso humano, cuando una voz de película vibró a la altura de mi nuca:

—¡No somos simios evolucionados, sino divinidades en decadencia!

Recuerdo que, mientras me volvía, pensé: ya salió la chiflada de turno que se cuela en las fiestas y se pasa con la ginebra. Después la vi y tuve que reconocer que tenía de película algo más que la voz. Pagué un tributo a sus pómulos cometiendo la ingenuidad de contestarle.

—¿Tienes pruebas de lo que afirmas?

—¡No! ¡Y tú tampoco! ¡Esa historia de los simios es un lugar común que los científicos han aceptado porque no consiguen encontrar una mejor!

—¿Será quizá porque no existe una mejor?

—¡Si utilizas la cabeza y los cinco sentidos, seguramente no!

—¿Y qué debería utilizar?

—¡El corazón!

A nadie se le escapará que yo avanzaba por la jungla de los máximos sistemas agitando blandos signos de interrogación, mientras que ella empuñaba los de exclamación como dagas.

Al ver la sangre, mis amigas se volatilizaron. En realidad, no hubo ningún enfrentamiento. Me limité a acoger sus revelaciones con una ráfaga de muecas.

Elisa me habló de la Atlántida, una civilización más evolucionada que la nuestra y que se había autodestruido por un exceso de avidez. Sus restos yacían en las profundidades del mar, ocultos a los ojos de los hombres, pero no a su conciencia, siempre y cuando recuperaran la capacidad de escucharla.

Escuché a la mía y supe que, ante aquella mezcla de alma y pómulos, la coraza con la que me había cubierto diligentemente en los últimos tiempos se había resquebrajado.

Por el amigo que la había llevado a la fiesta supe, en cambio, que era su novia. Tardé meses en descubrir que no era verdad, cuando habría bastado preguntárselo a ella. En cuanto lo hice, iniciamos una relación con una complicidad inmediata. Cualquiera hubiera dicho que ya estábamos enamorados en otra parte, en una buhardilla de la Atlántida, supongo.

La conquisté con una cena íntima en mi casa. Llegó con un sombrero de diva del cine mudo, enfundada en una falda de lana de color naranja que se detenía a la altura de las rodillas para dejar espacio a unas medias profundamente negras, las cuales se precipitaban casi enseguida en el interior de unas botas.

Venía acompañada de dos pizzas biológicas congeladas, como si hubiera tenido una premonición sobre el destino de mis rollitos precocinados, que al cabo de un rato saldrían del microondas completamente derretidos.

En los gestos de una pareja que está naciendo se puede leer su misión. Elisa había entrado en mi vida para cambiar el menú. No estaba igual de claro qué había ido a hacer yo en la suya. Tal vez darle un toque de ligereza: mi expresión mientras sacaba los rollitos del horno la había hecho reír con ganas.

Cuando nos trasladamos al salón, me sentía tan seguro con ella que decidí contárselo todo. Me refiero, no a las habituales mentiras, sino a algo realmente increíble para mí: la verdad.

Le puse en el regazo el álbum fotográfico de una vida y me senté en el brazo de la butaca para dirigir el recorrido.

—Éste soy yo de pequeño con mi madre... Ahórrate el comentario que hacen todos: qué mono eras, ¿qué pasó después?

—Yo te prefiero ahora. No me gustarías con mofletes y una bola de rizos en la cabeza.

—En cualquier caso, sucedió algo de verdad. ¿Ves? En las fotos siguientes ya no sale mi madre. Murió cuando yo tenía nueve años.

—Lo siento.

Me rozó una mano con dedos de pianista y los dejó allí.

—Estaba luchando contra un tumor, pero se había debilitado tanto que en la madrugada del día de Fin de Año un infarto se la llevó.

Me miró de un modo especial. Como te mira una mujer cuando ha decidido apostar por ti.

Traté de acariciarle la rodilla con la mano libre.

Ésa, al menos, era mi intención. En realidad, acabé dándole un codazo en el muslo.

—¿Para ti es un problema que sea huérfano?

Se echó ligeramente hacia atrás, pero más a causa del codazo que de la orfandad.

—Conozco a muchos huérfanos de padres vivos: hijos no amados, incomprendidos —dijo.

—¿A ti te da miedo la muerte?

Típico de mí. Estoy encaramado en el brazo de una butaca, en espera del momento adecuado para besar a la mujer que posiblemente me reserva el destino, y le pregunto si está aterrorizada ante la idea de palmarla.

De todas formas, no pareció espantada. Ni siquiera sorprendida.

—De jovencita estuve cerca de la muerte. Desde entonces la conozco y ya no pienso en ella. Sé que es un paso de una dimensión a otra: de la materia a la antimateria. Los egipcios la llamaban Salida a la Luz. Así da menos miedo, ¿no?

—¿Y la vida?

—Me da miedo la idea de desperdiciarla. Si la muerte es un viaje, supongo que la vida es el precio del billete.

—Morir no es nada. No vivir es terrible.

—Sí, yo también he leído eso, pero no recuerdo dónde.

—Es mío.

En el caso de que acabáramos viviendo juntos, tendría que acordarme de retirar *Los miserables* de la librería.

—¿Estás seguro? ¿Y qué querías decir exactamente cuando lo escribiste?

Empezaba a comprender el tipo de persona que era. No se conformaba con patinar sobre una frase bonita. Quería arrastrarme hasta el fondo.

—Bueno..., que hay que afrontar la vida. Que los sufrimientos, las injusticias y las lágrimas derramadas por una causa sirven para algo, aunque no sabría decir para qué.

—Yo creo que sirven si te llevan a cambiar. ¿Te has preguntado alguna vez, después de haber recibido un mazazo, por qué te ha pasado eso, qué te está diciendo la vida?

—No, normalmente me quejo del mazazo y punto. Pero ¿no tendrás tú por casualidad una respuesta que sugerirme?

—¡Sí, para que te burles de mí, como con la Atlántida!

—¡No me burlé de ti! Por lo menos no demasiado...

En prueba de mi inocencia, abrí los brazos como una mariposa artrítica y le propiné otro codazo, esta vez en el hombro.

Me cogió las dos manos, creo que como medida de autodefensa. Nuestros dedos se entrelazaron y ella me los apretó. No hay momento más bello, al comienzo de una relación, que cuando entrelazas los dedos con los de la otra persona y ella te los aprieta. Estás asomándote a un mar de posibilidades.

Acerqué los labios a los suyos, pero no tuve que realizar todo el recorrido porque me topé con ellos a medio camino.

Sabían a felices sueños.

Lo inevitable me pilló desprevenido

XXVII

Lo inevitable me pilló desprevenido mientras preparaba la maleta para un viaje de trabajo.

Mi padre luchaba desde hacía tiempo contra un tumor y anunció por teléfono que su enfermedad se había agravado en el mismo tono burocrático que empleaba para recordarme el pago de una factura.

Noté una punzada en el estómago que me sorprendió por su intensidad. ¿Era sólo miedo de perderlo o acababa de descubrir lo mucho que lo quería?

Cambié el destino del equipaje y pasé el verano en Turín con Elisa, en la habitación donde mamá me había hablado por última vez.

Ahora, tendido en aquella cama estaba papá. Completamente inerme ante la muerte. Completamente distinto del hombre al que había temido toda la vida.

Una tarde de agosto, miró el sol ponerse al otro lado de la ventana y comprendió que no volvería a verlo. Me asió de la muñeca.

—Sólo he querido a tu madre, ¿sabes?

—Espero que también a tu hijo.

—Nunca te he entendido. Pero sí, te he querido. He confiado en ti.

Intentó sonreír, pero la tos se lo impidió.

—Todavía me siento culpable por lo que ocurrió. Si aquella noche no me hubiera vuelto a dormir...

—¿Qué dices, papá? Tú eres Napoleón, de acuerdo, pero ni siquiera él habría podido desactivar un infarto fulminante.

Iba a replicar, pero terminó cerrando los ojos. Cuando volvió a abrirlos, ya flotaba en otro mundo.

—Después de la muerte de tu madre, estabas muy solo. Debería haberte regalado un perro.

—Me habría conformado con una tata decente. Pero dejemos eso ahora, descansa...

«Perro» sería su última palabra. No se la había oído pronunciar hasta entonces y atribuí la rareza a los efectos de la fiebre. Mi padre era insensible al encanto de los animales.

La capilla ardiente fue instalada en el salón, que ya había albergado la de mamá. Y entre los que montaban guardia junto al féretro esta vez también estaba yo.

Al pasar ante el ataúd refrigerado, la mitad femenina de Giorgio y Ginetta me dijo a media voz:

—¡Vende esta casa! ¡Está maldita!

Me pareció una frase sin sentido. Belfegor, inmediatamente consultado, la atribuyó a la desesperación por la pérdida de un amigo de toda la vida.

El día de mi cumpleaños, que es también el de los Santos Ángeles Custodios, subí al monte Circeo con Elisa para recuperar una brizna de las vacaciones perdidas.

Bordeábamos las ramificaciones del bosque cuando de entre unos arbustos salió una cosa completamente blanca. Un perro un poco más grande que un ratón, con morro y patas de lobo.

Olfateó el aire, indeciso sobre qué dirección tomar. Finalmente, entre los numerosos transeúntes que se disputaban su atención, se dirigió resuelto hacia mí.

Se ganó inmediatamente mi amor, así que intenté librarme de él. Es siempre mi primer impulso, cuando amo. Elisa volvió atrás y lo encontró plantado en medio de la calle: estaba esperándola.

Se convirtió en *Billy*. Dada nuestra poca experiencia en perros, tardamos dos días en descubrir que se trataba de una hembra. No cambió el sonido, sólo la grafía: *Billie*. Como regalo de cumpleaños, papá me había enviado un ángel custodio de cuatro patas.

Sería el primero en dudar de las conjunciones astrales, si *Billie* no hubiera sido desde el principio un cachorrito atípico. No ladraba a los gatos. Antes de entrar en una habitación, levantaba una de las patas anteriores para pedir permiso. Cultivaba con tesón su soledad y se pasaba días enteros observando un punto indefinido del espacio.

Con el tiempo creo haber comprendido lo que ve. *Billie* intercepta la energía del amor. Se nutre de esa clase de vibraciones.

Basta que en los contornos alguien levante demasiado la voz para que ella vaya a esconderse a un rincón inaccesible del trastero. Pero, si dos personas se abrazan dentro de su campo de recepción, sentirán un desplazamiento de aire alrededor de sus tobillos. Es el ángel del amor meneando la cola y dando lametones, feliz.

El trabajo me retuvo todo el invierno en un apartotel de Milán, donde los fines de semana Elisa y *Billie* se reunían conmigo.

Una tarde en que el cielo estaba plomizo y Belfegor me había pintado el corazón a juego con el cielo, llevé al lobo-ratón del Circeo a un atolón de vegetación rodeado por el tráfico.

Los demás perros estaban inmóviles en el centro del islote, paralizados ante la idea de caer al mar de coches. *Billie*, en cambio, dio un voto de confianza a su diseño aerodinámico y se puso a dar vueltas frenéticamente alrededor del seto. Era algo absurdo y maravilloso. Su manera de oponerse a la realidad para transformarla en el sueño que habitaba dentro de ella.

No comprendí la lección y a la hora de la cena me senté frente a Elisa para llenar mi barriga de raviolis y sus oídos de quejas contra el mundo, que conspiraba en bloque contra mí.

—¿Por qué te comportas como una víctima sin serlo? —me interrumpió—. Piensas mal. Y comes peor. Empuñas el tenedor como si fuera un escalpelo y te resbala salsa por las comisuras de la boca. ¡Qué asco!

—¡Tú y tu implacable sentido de la observación! Doña quisquillosa, de todo lo que te he contado, ¿lo único que te interesa es la salsa?

—Pues sí, me interesa, y mucho. Tienes cuarenta años y estás en la mesa como un niño consentido. ¿Es posible que nadie te haya enseñado un poco de educación?

—¿Y quién iba a enseñármela? ¿Quién? Nadie me ha enseñado nunca nada. ¡Nadie!

Crucé a grandes pasos el saloncito del apartamento en busca de algo que me pareciera apropiado para destruir. Hasta que entre el sofá y las cortinas vi un temblor blanco.

Billie. Asustada, pero sobre todo ofendida: con mi falta de amor, la estaba matando. Caí de rodillas y la estreché en un abrazo que me recordaba otro lejano. Me brotaron lágrimas que ignoraba tener. *Billie* las lamió todas con paciencia y poco a poco la furia se evaporó.

A la mañana siguiente me encontré un mensaje de Elisa dentro de la chaqueta. Lo había escrito en el reverso de una tarjeta de visita.

> Piensa en todo momento que tu madre *vive* y te enseña a vivir. Ha estado siempre contigo y le entristece que no creas en el amor total. Salúdala cuando te despiertes y háblale siempre, de todo. Ella sabe lo que es el amor. Dale las gracias por quererte y esfuérzate en no dar pábulo a tu escepticismo. Imagina que lo tiras a una papelera.

En espera de encontrar una papelera suficientemente grande, guardé la tarjeta en el estuche que llevaba en el bolsillo interior de la chaqueta, junto con la foto donde sonreía en el regazo de mamá y una despedida insólita de mi padre. La de una ocasión en que, al final de la consabida carta escrita a máquina y repleta de referencias a facturas y multas pendientes de pago, había añadido de su puño y letra: «Un abrazo, papá».

XXVIII

Después de su funeral, Madrina me había buscado. Antes de volver a entrar en mi vida, se había obstinado en esperar a que él terminara la suya.

Me hablaba como si aún tuviera nueve años: se había quedado ahí, y en cierto sentido yo también. Los afectos de la infancia se imprimen en el corazón como tatuajes indelebles. Parecen muertos, cuando sólo están desvanecidos. Y pueden volver a vivir sin necesidad de demasiadas explicaciones.

Madrina resultó ser la superviviente de un mundo desconocido. Había surgido de las brumas de mi pasado con una mochila intacta de recuerdos y sus relatos construían una pared de calor que crecía día tras día.

Ante el temor de perderme algo, le pedí que me lo escribiera todo.

Todo lo referente a mamá.

El día de Nochebuena me entregó un cuaderno verde de hojas cuadriculadas: las había llenado de una prosa concisa, escrita con una letra clara y sin tachones.

> La conocí durante la guerra. Yo trabajaba en la Spa, una empresa de la Fiat recién bombardeada, y

ella había ido para hacer una entrevista de trabajo. Tenía dieciséis años, tres menos que yo. Recuerdo aquellos ojazos azules, con una expresión de angustia y miedo. Le dije a una compañera: «Fuera hay una chiquilla rubia que parece un querubín».

Volví a verla algún tiempo después en la oficina, con un pañuelo negro en la cabeza. Después de haber sido contratada como mecanógrafa, había contraído el tifus y, como consecuencia de la enfermedad, se le había caído todo el pelo. Tenía las manos azules, pero el tifus no tenía nada que ver con eso. Era la tinta del papel carbón que utilizaba para tener por duplicado los documentos que escribía a máquina.

Descubrimos que vivíamos a pocas manzanas de distancia y empezamos a salir juntas los sábados por la tarde. Luego terminó la guerra y llegó la Liberación. Los obreros ocuparon la fábrica y nos mandaron a las mujeres al sótano durante un día y una noche enteros, en espera de que los alemanes se marcharan de la ciudad.

Entonces tu madre y yo nos dirigimos a casa. Avanzábamos en zigzag, porque no todas las calles eran seguras. Los francotiradores fascistas disparaban desde los tejados y había que echar a correr. A esto, que era el drama colectivo, se sumaba el drama personal de tu madre. Se le había roto la tira de una sandalia y, cada vez que teníamos que cruzar deprisa una calle peligrosa, se le salía el pie. No sé cuántas veces me detuve para esperarla.

Durante los días que siguieron no fue fácil vernos, porque ella vivía en Via Calandra al lado de dos «casas públicas», y la cola de partisanos que se agolpaban para entrar llegaba hasta Corso Vittorio. Tu madre sólo salía acompañada de tu abuela Giulia, fingiendo no oír los comentarios admirados, pero desagradablemente vulgares, de los hombres que esperaban.

Aquel verano, acabada la guerra, nos desfogamos con el baile. Íbamos a La Pagoda, un local situado en Corso Massimo, frente a la parada del tranvía.

Salíamos de la oficina a las cinco. La Pagoda estaba abierta hasta las seis y media, y luego volvían a abrir por la noche, pero a esas horas a mí ya no me daban permiso para salir. Así que aprovechábamos ese paréntesis de libertad antes de cenar.

El senador Agnelli estaba sentado a una mesa con su enfermera. El fundador de la Fiat escuchaba la música en silencio, mirando bailar a los jóvenes. Siempre era el último en marcharse. Moriría unos meses después.

Una tarde entró un grupo de chicos elegantes a los que nunca se había visto por allí. Uno de ellos se acercó a la rubia más encantadora de la sala y le pidió que bailara con él un tango. Dijo que se llamaba Gianni. Hasta que se hubo ido no nos enteramos de que era Gianni Agnelli, el nieto del senador. Las demás chicas rodearon a la rubita: «¿Qué te ha dicho?». Pero ella no se acordaba. Quizá solamente «gracias».

Tu madre no sabía que estaba bailando el tango con su patrón.

A los veinte años se puso enferma de pulmonía. Los antibióticos aún no habían llegado a los comercios y la trataron con sulfamidas y emplastos, pero tenía una fiebre altísima. Estaba tan congestionada por el catarro que le costaba respirar y a duras penas conseguía beber. El doctor que la atendía... confiaba en Dios, como nosotros.

Todas las tardes, al salir del trabajo iba directa a su casa. Mi madre temía que la enfermedad fuera contagiosa, pero no se atrevía a impedirme que estuviera a su lado, ni tampoco quería hacerlo. Estaba convencida de que el humo expulsaba los microbios y, para mi gran estupor, pues siempre me había prohibido fumar, me compró cigarrillos.

En vista de que la pulmonía iba a más, tuve la cara dura de llamar a la puerta del jefe, un hombre arisco pero bueno. Telefoneó a un pez gordo de la Fiat. Al día siguiente llegaron los antibióticos y tu madre se salvó.

Era muy golosa. En verano me llevaba a una lechería, cerca de casa, para comer helado. Una vez se presentó un chiquillo con mono de trabajo. Llevaba una bicicleta desvencijada y cargada hasta los topes de mercancía. Pidió el cucurucho más pequeño, pero no tenía suficiente dinero ni siquiera para ése y la lechera se negó a dárselo.

Él se montó en la bici, muy abatido. Tu madre lo llamó. Todavía hoy oigo su voz: «¡Niñooo!».

Fulminándola con la mirada, le pidió a la lechera un cucurucho gigante y se lo dio al pequeño trabajador. A partir de aquel día no quiso volver a poner los pies en la lechería.

En La Pagoda había conocido a un tal Carlo. Era un chico bien parecido. Mejor dicho, un hombre, porque debía de tener treinta años y entonces a los treinta años eras un hombre.

Carlo fue su primer amor. Era de la provincia de Asti y tenía coche. En un mundo de bicicletas, aquello causaba su efecto.

Un domingo, él y su hermano nos llevaron a su pueblo porque se celebraba la fiesta del santo patrón. El baile en la plaza empezaría al anochecer, después del oficio de vísperas: demasiado tarde para dos chicas de ciudad que debían estar en casa a la hora de la cena. Pero, con tal de bailar con tu madre, Carlo convenció a la banda de que empezara a tocar antes, provocando el escándalo entre sus paisanos.

Carlo quería divertirse siempre y no comprometerse nunca. Desapareció antes de que la relación pasara a mayores. A tu madre le dolió, pero se le pasó. Después vino Vanni, que había dejado por ella a otra, con la que creo que acabó casándose después de que tu madre lo plantara... Nunca había estado realmente enamorada de él.

En la boda de nuestros compañeros Giorgio y Ginetta conoció a tu padre. Vanni era tímido; en cambio él... Aunque a ti te parezca extraño, en compañía su comportamiento era extrovertido.

Lo demás, más o menos, supongo que lo sabes. La hostilidad de tu abuela Emma, la convivencia forzada bajo el mismo techo, el traslado a la casa nueva y tu nacimiento.

A tu madre le daba miedo el dolor físico. Voy a contarte la odisea de sus muelas del juicio. Le molestaban cuando comía, pero prefería conservarlas antes que ir al dentista.

Me había ofrecido a acompañarla, pero faltó en tres ocasiones a la cita. La cuarta vez, fui a buscarla a su casa y la llevé hasta la puerta de la consulta.

Toco el timbre, saludo a la enfermera (ya éramos viejas conocidas) y le digo: «Por fin he convencido a mi amiga». Y la enfermera replica: «¿A qué amiga?». Me vuelvo y tu madre ya no está.

La alcancé al final de la escalera. Una vez realizada la extracción, insistió en ver las muelas que le habían quitado. No acababa de entender que no hubiera notado nada gracias a la anestesia.

¿A santo de qué te he contado ese episodio? De vez en cuando la vejez me hace perder el hilo de los pensamientos... Ah, sí... A tu madre le daba miedo el dolor físico. Un miedo cerval.

La única ocasión en que no he visto que la dominara fue cuando tú estabas a punto de nacer. Entonces la alegría lo superaba todo, incluso el temor. De la clínica a casa te llevé yo, entre mis brazos. Tío Nevio conducía con cautela porque la carga era preciosa.

Todos los domingos por la tarde íbamos a vuestra casa y acabábamos quedándonos a cenar, aunque sólo pan y jamón. Mientras tu madre fregaba los platos, yo te acostaba en tu camita y te hablaba. Te gustaba mi voz, me sonreías y protestabas si me quedaba callada. Nos dijimos muchas cosas hermosas.

Una vez, debías de tener dos años, pasé a verte a la salida de la oficina y tú me echaste los brazos al cuello llorando: no querías que me fuera. Me temo que lo que te gustaba era sobre todo la suavidad del cuello de piel de mi abrigo.

Unos años después hicimos juntos un crucero a las Canarias, ¿te acuerdas? Tu madre se mareaba y se quedaba en el camarote o en las tumbonas de cubierta conmigo, preguntando por ti. Pero tú estabas siempre en otra parte. Sentías curiosidad por todo. En aquel período tenías la pasión por las capitales de países. Parabas a un pasajero y le preguntabas: «¿Cuál es la capital de Perú?», y si no lo sabía, la decías tú a voz en grito.

Cuando bajamos en Cádiz, el guía turístico que tenía que acompañarnos a visitar una fábrica de licores se presentó tarde y, como no dominaba el italiano, dijo que estaba muy «triste» por el contratiempo. A ti te impresionó aquel reconocimiento, confirmado por su aspecto melancólico.

En cuanto montamos en el autocar que nos llevaría de vuelta al puerto, encontramos sobre cada uno de los asientos una botella de licor. Tú no te lo pensaste dos veces: cogiste tu botella y se la regalaste al guía. «Así dejará de estar triste.» Y efectivamente, conseguiste hacerle sonreír.

Fue un período bonito. Luego, con la enfermedad de tu madre, todo terminó. No sé qué te han contado de ella, pero era imposible no quererla. Era simpática, sí. Tenía energía.

Tras su muerte, tu padre empezó a decirme que no podíamos seguir viéndonos los domingos porque vosotros teníais que ir a los partidos del Toro, incluso cuando jugaban fuera de casa.

Pero los demás días yo trabajaba. Le rogué que buscáramos una solución. Él me contestó que no era su costumbre pedir limosna: si yo no tenía tiempo para dedicároslo durante la semana, os las arreglaríais sin mí.

El día de Nochebuena pasé a buscarte con tío Nevio para ir a comprar el regalo y te encontramos ya en la calle, delante de la puerta de casa. Tu padre no había querido ni que subiéramos.

Creo que estaba celoso de mi marido, que era profesor y sabía embelesarte contándote cosas. Además, mi presencia le recordaba a tu madre, cuando él quería cerrar aquel capítulo de su vida.

Intenté una y otra vez volver a entrar en tu vida. En vano. Yo no lloro nunca, pero una noche tío Nevio me encontró deshecha en lágrimas junto al teléfono. Se enfadó muchísimo y me prohibió que volviera a llamar a tu padre.

Te he seguido de lejos, a través de las noticias que me daban Giorgio y Ginetta. Empecé a comprar *Il*

Giorno a escondidas, cuando tú escribías en ese periódico. Después te pasaste a *La Stampa*, el diario de casa, y pude saber de ti sin subterfugios. Durante muchos años, leerte ha sido mi manera de estar contigo.

Hemos tardado demasiado en reencontrarnos. Mi marido ya no está y yo me doy cuenta de que, con el paso, no ya de los años, sino de los meses, las fuerzas disminuyen y las contrariedades aumentan. Aun así, me es de gran consuelo saber que estás aquí y verte casado con Elisa. Me ha gustado inmediatamente y a tu madre le habría gustado también.

Os quiero mucho, hijos míos, ahora sois lo más hermoso que tengo.

Madrina

XXIX

Pese a las sombras de la última página, cerré el cuaderno con un sentimiento de gratitud. Había conocido a la chica que se convertiría en mi madre. Y la fuerza de una amistad. Mamá y Madrina habían sido más que hermanas. No se habían encontrado, sino elegido.

Me impresionaban también las hazañas de aquel niño descarado y lleno de ímpetu. ¿Había sido de verdad así antes de perder el empuje del amor?

Empezó de nuevo el jueguecito de los «si».

Si mamá hubiera vivido más tiempo, como cualquier madre, habría crecido a la sombra de dos mujeres extendida sobre mí: ella y Madrina. En vez de revolotear, azorado, en torno a las chicas que me gustaban, las habría abordado con desenvoltura para preguntarles cuál era la capital de Perú. Y en vez de pasar la juventud atrincherado en la contemplación de mi ombligo, habría regalado botellas de licor a todos los deprimidos, a riesgo de que me arrestaran por instigación a la embriaguez.

Pero habría sido demasiado fácil. Y una vida así no me habría servido de nada. En resumidas cuentas, me prefería con una astilla clavada en el corazón.

Había pasado la primera parte de mi existencia echando de menos otra que no desearía vivir.

Seguía extrañando a aquella adolescente rubia con las manos manchadas de tinta de papel carbón y los ojos abiertos a un mundo de horrores, pero de un modo distinto. Ahora extrañaba la posibilidad de protegerla.

Me había vuelto a casar en el Campidoglio a las nueve de una mañana de primavera, brindando con zumo de arándanos. Mientras sonreía al fotógrafo que nos inmortalizaba en poses solemnes sobre el fondo eterno de los Foros, por un instante no me había sentido un huérfano sino un hombre.

Con Elisa frecuentaba ambientes y libros nuevos, descubría que se puede cultivar la espiritualidad sin pertenecer a una religión de masas, comprendía secretos que nos obstinamos en ignorar aunque se encuentran dentro de nosotros. O quizá precisamente por eso.

Aprendía a no sufrir los acontecimientos, a interpretarlos como señales. Descubría que el amor podía ser un bastón en el que apoyarse, pero seguía siendo ante todo una espada para conquistar una nueva conciencia de las propias potencialidades. Durante años lo había vivido como una conquista, mientras que era la cesión de algo a otra persona.

Había entablado un diálogo con los lectores sobre estos temas a través de una sección de correo del corazón. Elisa me había dado el empujón, exhortándome a pasar de esos hombres que consideran la educación sentimental una pérdida de tiempo y el relato de los tormentos del alma un reconocimiento de debilidad.

Un día de marzo llegó a la redacción una carta especial. Desde las primeras líneas comprendí que la vida estaba brindándome la oportunidad de revelar por fin a los demás quién era. Reproduzco el texto seguido de mi respuesta, tal como aparecieron en el periódico.

> Tengo treinta y nueve años y estoy felizmente casado. No escribo, pues, por problemas conyugales, sino porque tenía una madre estupenda, apenas veinte años mayor que yo. Una neoplasia mamaria se la ha llevado durante las vacaciones de Navidad y desde entonces mi vida es una película en blanco y negro.
>
> Gracias a mi madre aprendí a amar a los Rolling Stones (un poco menos a los Beatles), a Lucio Battisti y a mi prójimo. Me enseñó a estar bien en medio de la gente, a respetar a los más débiles y a no sufrir por la sordera y la ceguera del mundo respecto a nosotros, los románticos.
>
> Trabajó toda la vida en una fábrica, quiso profundamente a mi padre, cuidó de mi abuelo y, ya enferma terminal de cáncer, atendió a su madre hasta el final. Cuando murió mi abuela, se inclinó sobre su cuerpo y le susurró al oído: «Gracias por todo».
>
> Tres meses más tarde se fue ella también. Era una mañana soleada y me dijo con un hilo de voz: «No te rindas nunca, vales mucho y ha sido un honor para mí tenerte como hijo».
>
> Mientras le escribo, estoy llorando. Tengo el corazón destrozado y no acabo de rehacerme. Es demasiado duro aceptar esto. Quiero dirigirme a usted en

este momento de dolor extremo, a fin de que su sabiduría y su preparación consigan llenar en parte este enorme vacío.

Gabriele

Ni soy sabio ni estoy preparado, Gabriele. Pero yo también soy huérfano de madre. Desde la edad de nueve años. Y cartas como la suya tienen todavía el poder de turbarme, incluso en una época como la nuestra que ha transformado las emociones en un género televisivo.

Hace diez años, y entonces ya tenía treinta, no hablaba de buen grado de mi madre con nadie, ni siquiera conmigo mismo. De pequeño negaba inconscientemente que hubiera muerto escondiendo su foto en un cajón. Si ahora soy capaz hasta de escribir sobre ella en un periódico es porque he aceptado mi dolor y perdonado a todos. A ella por haberse ido y al universo por habérsela llevado: a los cuarenta y tres años, tras una vida que no fue muy distinta de la de su madre.

La mía era huérfana de padre y durante la guerra, a la edad en que hoy los adolescentes cuentan en esta sección los primeros males de amores, trabajaba en una fábrica bajo las bombas para ayudar a mi abuela a mantener a cuatro hermanos más pequeños.

Era rubia, distraída, emotiva como yo. Era altruista y estaba disponible para todos, un radiador siempre encendido a temperatura constante, como yo quisiera ser y no soy.

Si hubiera sobrevivido a la enfermedad que se la llevó durante las vacaciones de Navidad, igual que a la suya, probablemente hoy sería abogado (era su previsión: «¡Con esa labia!»), porque el periodismo es un oficio demasiado aleatorio y no sé si habría tenido valor para darle un disgusto semejante.

Le envidio, Gabriele, por no haber pronunciado en la carta la más obvia de las recriminaciones: ¿cómo es posible que una mujer tan buena se haya ido tan deprisa? No ha dejado en el nido a un polluelo atemorizado, sino a un adulto al que había tenido tiempo de enseñarle a amar al prójimo, a Lucio Battisti y a los Rolling Stones, o sea, lo esencial.

Con todo, la muerte prematura de una madre sigue siendo una injusticia inconcebible. Nos salva la conciencia de que esta vida sea simplemente un curso de aprendizaje, que hay que afrontar, si es posible, con la sonrisa en los labios. Pero la verdadera diversión debe de estar en otra parte.

Estamos aquí para prepararnos, pero no estamos todos al mismo nivel. Algunos han avanzado más en el programa y necesitan menos tiempo para pasar la prueba y alzar el vuelo. Quien ya es un ángel de joven no necesita hacerse viejo. No en todos los casos, al menos; de lo contrario, tendríamos que concluir que sólo los malos envejecen y no es verdad.

Dejémoslo así: en esta vida cada uno tiene un plan que llevar a cabo y nuestras madres han realizado el suyo más deprisa que otros. Porque era más breve, o porque ellas eran mejores. Quedamos nosotros, los hijos, con un cargamento de recuerdos que en su caso, por suerte, es superior a las quejas.

Me dijeron que lo último que hizo mi madre la noche que perdió definitivamente el conocimiento fue venir a mi habitación a estirarme el embozo. La suya le susurró al oído esas palabras maravillosas.

Recordémoslas así, en el acto de amarnos y de bendecirnos por última vez. E intentemos ser dignos de ello, Gabriele. Sin retórica y sin miedo.

No había pensado en los efectos. Fui inundado por una oleada cálida de cartas, como si por un momento mis palabras hubieran sintonizado con el alma del mundo.

Una señora me escribió diciendo que, después de haber leído la carta, había ido a ver a su madre con la única finalidad de abrazarla. Llevaba tiempo sin hacerlo, pero, pensando en quien había mendigado ciertos abrazos en vano toda la vida, se había sentido por primera vez una privilegiada. Al contrario que otra lectora, que había perdido a su madre a los dos años y me consideraba un privilegiado a mí, pues de la mía conservaba al menos el recuerdo.

En el periódico, la revelación provocó reacciones distintas según la situación geográfica. Los guerreros de la noticia que se hacinaban en la sala denominada Tienanmen colgaron la carta en el tablón. Uno hasta me dio el pésame.

En Capalbio, la sala de los intelectuales y de los artistas que también frecuentaba yo, nadie dio la impresión de haberla leído, con excepción de una colaboradora inútilmente simpática que quiso saber en qué película me había inspirado. Tan sólo un editorialista sexagenario de maneras retraídas me dejó sobre la mesa dos chocolatinas y una nota: «Imagina que son caricias».

Un periodista televisivo muy famoso expresó por teléfono su desilusión por el giro que había dado: de un fustigador de costumbres como yo habría esperado menos miel y más pimienta.

Me contó que se iba de safari con una manada de banqueros. Les deseé a los leones buen provecho.

Cuánto tiempo había transcurrido

XXX

¿Cuánto tiempo había transcurrido desde mi confesión pública?

Un soplo, nueve años.

Billie estaba todavía más blanca y Elisa todavía más joven: tiene una piel de niña.

Trabajaba de nuevo en Turín, como en los tiempos de Jefe Orso. Con la diferencia de que ahora uno de los jefes era yo.

Belfegor había continuado dormitando dentro de mí y en los últimos meses había reanudado de lleno su actividad de volcán, dado por extinguido con demasiada premura.

Lo había despertado la redacción de mi primera novela, a la que yo había aplicado el afectuoso nombre de «novelita». Después de haber empezado e interrumpido decenas de historias, finalmente había conseguido armarme de valor para terminar una. Pero las operaciones de excavación que hacen al escritor semejante al arqueólogo habían insuflado fuerzas a mi monstruo interior.

Todos aquellos libros dejados a medias constituían la prueba del miedo que me daba el despertar de Belfegor. Y sin embargo, si quería cambiar mi vida, era indispensable que lo provocase, obligándolo a salir a cara descubierta para la batalla final.

El día de la verdad empezó con la cafetera borbotando, excitada, sin decidirse a disolver la tensión en un estruendo liberador.

Es posible que se me hubiera olvidado poner agua, pero de ser así tenía mis razones. Con los dedos tatuados de cinta adhesiva, estaba intentando restaurar el ejemplar piloto de la novelita, que se había descuajeringado durante el periplo de las presentaciones. Y los hombres somos incapaces de hacer dos cosas a la vez. Por eso hemos edificado una sociedad que nos permite hacer sólo una y dejar el resto de las responsabilidades a nuestras compañeras.

En la novelita había imaginado a un huérfano de madre que se me pareciera, aunque no en exceso. Lo había sumergido en las piscinas de un *spa* muy particular, las Termas del Alma, para obligarlo a emprender un recorrido iniciático que yo nunca habría tenido el valor de afrontar.

Lo había rodeado de médicos espirituales que se sabían de memoria las máximas del padre Nico. Le había enseñado a distinguir el runrún inconstante de las emociones del lenguaje eterno de los sentimientos. Lo había provisto de dolores y obstáculos, pero también de energía para superarlos y recuperar el contacto con la intuición: la parte atrofiada del cerebro que está conectada con el corazón y nos permite escuchar lo que Jung llama «la voz de los dioses».

Mientras la escribía, yo también la había oído. Me había revelado cosas que ningún razonamiento lógico podría confirmarme, pero que se habían impuesto en mi ánimo con la fuerza de una verdad sabida desde siempre. Que en esta vida todos tenemos una prueba que afrontar y que la mía consistía en sublimar la experiencia del huérfano de madre. Sobrevivir a la falta de energía femenina buscándola dentro de mí.

Una vez enyesado el ejemplar de la novelita con un vendaje provisional, lo puse a buen recaudo en el cajón más remoto de la mesa, junto a la caja de galletas danesas. Después preparé otro café y me lo bebí de un trago sin siquiera mover el azúcar: Elisa había aparecido en la puerta con las llaves del coche en la mano.

Era el día de Fin de Año y, como todos los años desde que hemos reanudado nuestra relación, había que ir a buscar a Madrina para acompañarla a visitar a mamá. En el cementerio.

Vino a abrirnos con el bolso colgado ya del brazo, pero, mientras la ayudaba a ponerse el abrigo, llevó la conversación hacia la novelita.

Se la había regalado por Navidad, pese a que había salido en primavera. La razón del retraso había sido una pequeña intervención en los ojos que la había privado durante unos meses del placer de devorar sus novelas policíacas. Habría podido leérsela yo, pero la voz de los dioses me había sugerido que esperara el momento en que Madrina hubiera recuperado la vista y todo estuviera en su sitio.

Le pregunté si le habían gustado las páginas dedicadas a la madre del protagonista. Mi idea inicial había sido que fuera el único pasaje autobiográfico de toda la historia, aunque al describir la escena de su muerte me había permitido algunas licencias.

> Se arrastra hacia la ventana... la abre y se agarra al alféizar... pero sus uñas ya han dejado la vida... se rompen... y ella se desliza en el vacío con la frente alta y los brazos y las piernas abiertos... aterriza sobre un cúmulo de nieve... sin un solo corte ni un solo cardenal... ha muerto de infarto durante el vuelo...

La fantasía del cadáver volante había tomado forma inconscientemente en el teclado del ordenador, como si la hubiera sacado de un sueño.

Madrina dio a entender que los hechos se habían desarrollado de un modo distinto. Eso ya lo sabía yo. Lo que todavía no imaginaba era cuánto.

—Ven, ven aquí, hijo, tengo que darte una cosa.

—Es tarde. Tenemos que ir al cementerio antes de que cierre. Después me la darás.

Yo soy especialista en el Después y conozco todos los trucos para transformarlo en Nunca.

—¡Después no existe! ¡Ahora! —me intimó Elisa.

La mujer de los puntos de exclamación no escapa ante los problemas. Va a su encuentro a tumba abierta.

Animada por su apoyo moral, Madrina trasteó con misteriosas llaves en torno a los cajones de la cómoda. Entre sus bellas manos nudosas apareció un sobre marrón.

—Después de cuarenta años, ya iba siendo hora de que alguien te dijera la verdad.

Abrí el sobre con gestos inconexos y apareció un viejo recorte de periódico.

De mi periódico.

Era la edición de la tarde y llevaba la fecha del último día del año de hacía cuarenta años.

Madre si getta dal quinto piano

La tragedia all'alba in corso Agnelli - E' morta sul colpo, aveva 43 anni - Era stata operata di recente

Tragedia, stamane all'alba in corso Agnelli: una donna, madre di un bimbo, disperata per essere affetta da una grave malattia, si è uccisa gettandosi dalla finestra di casa. E' morta subito.

Si chiamava Giuseppina Pastore, aveva 43 anni. Abitava al quinto piano dello stabile di corso Agnelli 32, con il marito, geom. Raoul Gramellini, e il figlio Massimo, di 9 anni. Il 20 settembre era stata operata di cancro: da allora viveva nell'angoscia.

Stamane, sconvolta da una crisi improvvisa, si è alzata dal letto mentre il marito e il figlio dormivano ancora. Erano appena le 6, cadeva fitta la neve. Giuseppina Pastore ha aperto la finestra del salotto, è salita sul davanzale e si è lanciata nel vuoto. Il suo corpo è stato trovato nella neve, coperto di sangue, dai primi passanti del mattino. Uno di essi ha telefonato alla polizia.

Gli agenti, su indicazione di un inquilino, sono saliti al quinto piano. Hanno suonato a lungo, per svegliare il marito della suicida. Non si era accorto di nulla: sono stati i poliziotti a comunicargli la notizia del tragico gesto della moglie. E' rimasto impietrito, poi è scoppiato in pianto. Si è svegliato anche il piccolo Massimo; ma nessuno ha avuto il coraggio di dire che la madre è morta.

Madre se arroja desde un quinto piso

La tragedia se ha producido al amanecer en Corso Agnelli - Ha muerto en el acto, a los 43 años - Había sido operada recientemente.

Esta mañana, al amanecer, se ha producido una tragedia en Corso Agnelli: una mujer, madre de un niño, desesperada por la grave enfermedad que padecía, se ha quitado la vida arrojándose por la ventana de casa. Ha muerto en el acto.

Se llamaba Giuseppina Pastore y tenía 43 años. Vivía en el quinto piso del número 32 de Corso Agnelli con su marido, Raoul Gramellini, y su hijo, Massimo, de 9 años. El 20 de septiembre había sido operada de cáncer y desde entonces vivía angustiada.

Esta mañana, trastornada por una crisis repentina, se ha levantado de la cama mientras su marido y su hijo todavía dormían. Eran apenas las seis y nevaba intensamente. Giuseppina Pastore ha abierto la ventana del salón, se ha subido al alféizar y se ha arrojado al vacío. Su cuerpo ha sido encontrado sobre la nieve, cubierto de sangre, por los primeros transeúntes matutinos. Uno de ellos ha llamado a la policía.

Los agentes, por indicación de un inquilino, han subido al quinto piso. Han llamado largo rato para despertar al marido de la suicida. No se había percatado de nada; ha sido la policía quien le ha comunicado la noticia del trágico acto de su mujer. Se ha quedado paralizado y luego se ha echado a llorar. El pequeño Massimo también se ha despertado, pero nadie ha tenido valor para decir que su madre ha muerto.

XXXI

En Italia, los periodistas llamamos «agujeros» a las noticias que los demás saben y uno no. Mi periódico me había mantenido toda la vida en un «agujero».

Madrina se apresuró a decir que el artículo contenía una imprecisión. Mamá no se había arrojado desde la ventana del salón, sino desde la del despacho de mi padre, más apartada. Quería estar segura de que nadie fuera a interrumpir su cita secreta con la muerte.

Bajo aquella ventana, papá había trasladado mi mesa de estudio en los años en que había tenido que cederle mi habitación a Mita y compartir con él, no sólo el dormitorio, sino también el despacho. Quién sabe cuántas veces se habrá asomado al alféizar desde el que mamá había emprendido el vuelo. Y cuántas veces lo habré hecho yo, sin saber dónde estaba y, por lo tanto, quién era.

Necesitaba sentirme vivo, así que salí al balcón de la cocina para notar el frío.

El artículo no estaba firmado y había pasado demasiado tiempo para poder llegar hasta el autor. Tal vez un cronista principiante, obligado a trabajar incluso el día de Fin de Año.

Lo imaginé mientras se dirigía al edificio de la desgracia bajo la nieve, conversaba con los policías, llamaba a las casas de los vecinos tratando de establecer un canal de comunicación con Tiglio y recomponía en su bloc las piezas de una historia que yo leería con cuarenta años de retraso.

Quizá era una mujer. O un varón femenino. Había delicadeza en sus palabras, por más que hubiera reproducido detalles que más adelante habría resultado imposible publicar: la dirección de la suicida, su enfermedad, el nombre de un menor. Yo.

Simplemente llamando al interfono, cualquiera habría podido venir a curiosear en mi dolor. Pero el periódico había llegado a los quioscos la última tarde del año. La ciudad estaba medio vacía y nevaba mucho. Lo habían leído pocas personas.

De nuevo en la cocina, puse el recorte sobre la mesa y me senté frente a Madrina.

Elisa me acarició las manos para infundirme valor. Me disponía a hacer la entrevista más difícil de mi carrera.

—Madrina, ¿por qué no me lo has dicho antes?

—Pensaba que lo sabías y no querías hablar de ello. Pero cuando he leído la novela me he dado cuenta de que nadie te había dicho nunca nada. Y no me he sentido capaz de quedarme callada.

Después de cuarenta años, parecía una broma.

—¿Cómo sucedió?

—No cayó. Quiso caer.

—No sufrió un infarto.

—Tu madre tenía un gran corazón, en todos los sentidos.

—Entonces, ¿por qué?

—A principios de verano le habían hecho unas radiografías y habían visto una sombra...

La voz de Madrina se secó. Tuvo que beber agua para regarla un poco.

—El médico había insistido en que se sometiera a una operación y a mediados de septiembre finalmente conseguimos ingresarla.

—«Voy a hacer unos recados», eso es lo que me dijo.

—Después de la intervención estaba contenta. Sólo un poco enfadada con tu padre porque había pasado unos días fuera de Turín por un asunto de trabajo.

—Típico de él.

—Era mentira. El cirujano le había dicho que el tumor extirpado era maligno y él había ido en avión a Apulia para consultar a un curandero del que hablaban en los periódicos.

—¿Mamá podía morir?

—El enemigo había sido derrotado, y para los médicos había muchas posibilidades de que no volviera a aparecer.

—Entonces, ¿por qué papá andaba a la caza de santones?

—En aquellos años el cáncer era una sentencia de muerte. Tu padre había perdido la cabeza.

—¿Que había perdido la cabeza? ¿Mi padre?

—Sucede cuando se ama —respondió Elisa.

—Madrina, no lo entiendo: si el tumor ya no estaba, ¿cómo es que mamá...?

—Los problemas empezaron cuando los médicos le dijeron que tendría que someterse a unas sesiones de terapia. Era la práctica habitual, pero ella empezó a acribillarlos a preguntas. Estaba convencida de que le mentían.

—¿Tampoco os creía a papá y a ti?

—Según ella, formábamos parte del complot.

—¿Su cuerpo no soportaba el tratamiento?

—Al contrario, lo resistía muy bien. Era la cabeza lo que había dejado de funcionarle. Todos los domingos, tío Nevio y yo pasábamos a verte. Nos encerrábamos las dos en la cocina y ella me sometía a un interrogatorio. ¿Significaba la terapia que seguía teniendo el cáncer? ¿Por qué nadie le decía que estaba destinada a morir entre sufrimientos atroces? Si de verdad era su mejor amiga, y subrayaba el «si», tenía el deber de contarle la verdad.

—¿Y tú qué hacías?

—La tranquilizaba, la acariciaba, la reñía. Le imploraba que luchara contra sus fantasmas. Le decía: «Pero ¿no piensas en tu hijo?».

—¿Y qué contestaba ella?

—Os tiene a vosotros, decía...

De esta forma había llegado a la pregunta que las incluía todas:

—Madrina..., ¿mamá me quería?

—Durante nueve años fuiste su primer pensamiento al despertar y el último antes de dormirse. Luego, el miedo le devoró el corazón.

—¿Tenía dolores?

—No, pero estaba convencida de que pronto los tendría.

—¿Te habló alguna vez de suicidio?

—Los suicidas nunca lo hacen. Si le decía que no se arrojara al precipicio, en sentido figurado, evidentemente, se limitaba a mirarme en silencio.

—¡Deberías haberla sacado de allí!

—¿Y adónde querías que la llevara? En Navidad la invité a mi casita de San Remo. Me contestó con una sonrisa amarga que no se sentía con ánimos de ir a alegrarme las vacaciones. Unos días después recibí la llamada de tu padre... ¡Cuántas veces la he imaginado de pie sobre ese alféizar! Hace falta valor para tirarse desde un quinto piso, ¿sabes? Mucho valor y mucha desesperación... Debió de dejarse convencer por la nieve.

—¿Por la nieve?

—Estoy segura de que la atmósfera de cuento le dio el empujón. Debió de pensar que el impacto sería menos doloroso, con toda esa blancura alrededor...

—¿Y la bata encima de mi cama? ¿Fue papá quien la puso allí?

—No lo creo. A mí me dijo que se había despertado sobresaltado y había encontrado a tu madre en tu habitación. Ella le había pedido que volviera a la cama porque quería quedarse uno poco más a solas contigo. Tu padre no podía saberlo, pero había ido a decirte adiós...

Madrina se pasó una mano por los ojos.

—¿Quieres un pañuelo?

—No, gracias. Ya sabes que no lloro nunca. Es que después de cuarenta años todavía estoy enfadada con ella. No tenía derecho a dejarte solo. Se lo recuerdo siempre, cuando hablo con ella. Y hablo con ella todos los días.

XXXII

Ya era tarde para ir al cementerio. Nos despedimos de Madrina y salimos bajo un cielo café con leche que prometía nieve.

Mientras Elisa conducía en silencio, manipulando la radio en busca de una emisora que transmitiera música rock, yo torturaba el cinturón de seguridad y a mí mismo.

Mi madre no había creído en la verdad y se había matado. Yo había confiado en una mentira y había permanecido vivo, pero ¿a qué precio?

Le pedí a Elisa que me dejara delante de la casa de mis padres, vendida ya hacía tiempo.

Trepé con los ojos hasta la ventana del despacho de papá y evoqué una silueta de mujer en el alféizar, pero no tuve valor para mirarla. Pese al estorbo de los guantes, saqué el recorte de periódico para releer las últimas líneas.

> El pequeño Massimo también se ha despertado, pero nadie ha tenido valor para decir que su madre ha muerto.

Había un pequeño error de imprenta. «Decir» en lugar de «decirle». Y había otro, mucho más grave: nadie había tenido valor para decirme *cómo* había muerto.

El secreto había resistido cuarenta años. Los que sabían no me habían dicho nada. Y después habían seguido sin decírmelo, quizá pensando que mientras tanto me había enterado por otros.

Papá y Madrina, Tiglio y Palmira, Giorgio y Ginetta, Baloo y Mi Tío, Madamìn, la Maestra y quién sabe cuántos más. Debería felicitarlos a todos por el éxito total del complot.

También ellos, como Belfegor, habían actuado por mi bien. ¿Qué habría pensado a los nueve años, si me hubieran dicho que mamá se había tirado desde una ventana del quinto piso?

Que ya no me quería.

Que debía de valer bastante poco.

El problema es que lo había pensado igualmente toda la vida.

Entonces, ¿cuál habría sido el momento adecuado para afrontar la verdad?

Volví la espalda a la casa de mis padres y me encaminé hacia la mía, buscando dentro de mí un dolor que ya no estaba o quizá no estaba todavía.

El pequeño Massimo también se ha despertado.

En eso el periodista se había equivocado. No me había despertado en absoluto.

Había tenido cuarenta años para descubrir las incongruencias de una historia absurda: una enferma terminal de cáncer que muere de infarto después de haberse fumado un cigarrillo. Y sin embargo, había fingido creerla, pese a que mi intuición sabía la verdad hasta el punto de sacármela de las vísceras durante la redacción de la novelita.

Durante un instante larguísimo, recorrí mi vida en busca de las señales que me había negado a percibir.

Los dos desconocidos que sujetaban a mi padre por las axilas junto al árbol de Navidad no eran médicos de urgencias, sino policías de paisano que habían ido a darle la noticia.

El grito de la abuela Giulia —«¿Qué le han hecho a mi hija?»— no podía referirse a un simple infarto.

Y luego, las continuas alusiones a «la desgracia», ciertos silencios húmedos de Mi Tío, el odio hacia la casa «maldita» que Ginetta había manifestado ante el féretro de papá.

Papá. No se había delatado ni siquiera en el lecho de muerte. Pero yo debería haberle obligado a hablar mucho antes, en vez de evitar el tema con él y sobre todo conmigo.

Había pasado noches enteras en los archivos del periódico, explorando hechos y personajes públicos. ¿Cómo era posible que no hubiese sentido nunca el deseo de ampliar la búsqueda al acontecimiento privado que había marcado mi existencia? ¿De hojear la memoria en papel de aquellos días, aunque sólo fuera por la curiosidad de ver la necrológica de mamá?

Me detuve en medio de la calle mirando a un niño que corría y la respuesta brotó con toda nitidez.

Sabía desde siempre cómo había muerto, pero había decidido inmediatamente no querer saberlo.

Habría sido demasiado. Y quizá lo era todavía hoy.

A lo largo de los años, el rechazo de la verdad se había extendido a todo lo demás. Se había adherido a los pensamientos como una segunda piel, convirtiéndose en mi modo de habitar la vida sin vivirla.

Nos sucede a los que albergamos a Belfegor en el estómago. Con tal de no afrontar la realidad, preferimos convivir con la ficción, haciendo pasar por auténticas las reconstrucciones retocadas o distorsionadas en las que basamos nuestra visión del mundo.

Muchas frases atribuidas a personajes históricos han sido inventadas por sus biógrafos. No obstante, las citamos con convicción. Para reafirmarnos en nuestros prejuicios, sólo leemos y escuchamos a los que piensan como nosotros. Y nos dejamos acunar la mente por historias falsas y versiones tranquilizadoras, interpretando la realidad de forma mítica y los mitos de forma literal.

La intuición nos revela continuamente quiénes somos. Pero permanecemos insensibles a la voz de los dioses, cubriéndola con el repiqueteo de los pensamientos y el estruendo de las emociones. Preferimos ignorar la verdad. Para no sufrir. Para no sanar. Porque, de lo contrario, nos convertiríamos en lo que nos da miedo ser. Criaturas completamente vivas.

XXXIII

Había caído la noche. Las calles iban vaciándose y el final del año era saludado con antelación por las primeras ráfagas de petardos.

Había caminado horas sin comer, sin hablar, sin sentir otra cosa que el peso de mis pies, finalmente apoyados en el suelo.

Mientras atacaba la última subida hacia casa me acordé del consejo de Mi Tío y levanté la barbilla como si tuviera que tender un hilo entre ella y el ombligo.

Entre tanto, pensaba en mi padre. Se había adjudicado la misión de protegerme de la verdad. El hombre de los chistes había inventado la historia más triste del mundo y me la había contado durante toda la vida.

Por primera vez me sumergí dentro de papá. Sentí su amor por mamá, y fue una sacudida que me hizo temblar. Lo vi haciendo cola bajo el sol ante la puerta de aquel santón al que seguramente despreciaba. Seguí el peregrinaje de su angustia de un médico a otro. Esperé y me desesperé con él. Hasta el último amanecer. Cuando se había dejado convencer de que volviera a la cama y había cedido a un sueño que jamás se perdonaría.

Se había encontrado peor que solo: con un niño al lado y un desierto dentro. En su lugar, yo habría estado destrozado. Él, en cambio, me había subido sobre sus hombros y había reanudado la marcha. Dando traspiés en un montón de baches y escogiendo itinerarios, zapatos y compañeros de viaje equivocados. Pero de alguna manera había logrado ponerme a salvo.

Me había querido. Más que mamá. Porque papá se había quedado. Y siempre hay más amor en quien se queda que en quien se va.

Su obra maestra había sido la construcción del mito de la madre desaparecida. Me lo había inculcado para que no la detestara, al precio de que aquella mujer imaginaria se llevase todo el afecto que habría merecido él.

Pensar en mamá me producía estremecimientos de rabia mezclados con una ternura que rayaba en la pena.

Ella había sido débil. Y no puede haber gloria para quien huye de las responsabilidades.

Por mi cabeza pasaba una y otra vez el titular del periódico:

MADRE SE ARROJA
DESDE UN QUINTO PISO

El titular siempre intenta sacar el jugo de una noticia. En este caso señalaba que la suicida no era una mujer cualquiera, sino una madre.

Eso es lo que había impresionado al periodista que lo había compuesto en la imprenta, entre pirámides de *panettoni* reciclados y apresuradas felicitaciones de Año Nuevo: que una madre hubiera sido tan egoísta como para condenar a su criatura a vivir sin ella.

En el hospital de Sarajevo había visto a mujeres heridas luchar con furia contra la muerte y tender las manos hacia un hijo que ya no estaba, animadas por la esperanza absurda de poder abrazarlo aún.

En cambio, yo estaba en la habitación de al lado. Vivo. Pero mamá había pasado de mí. Había pensado sólo en sí misma.

Entré en casa y *Billie* daba vueltas a mi alrededor a cierta distancia. Cuando intenté acariciarla, fue a refugiarse en el trastero, con el rabo recogido entre las patas.

Me quité los zapatos y me quedé descalzo sobre la alfombra del salón. Intercepté sobre la repisa la foto de mamá que de pequeño escondía en el cajón y que me había acompañado en muchas mudanzas. Aquella sonrisa de santa sobre la que había construido su leyenda.

Me volví hacia el otro lado. Y al otro lado estaba Elisa. Descalza también. Había llegado por detrás de mí sin que me percatara.

—¿Cómo te sientes? —me preguntó. Y ese signo de interrogación, insólito en sus labios, decía más que muchas cosas.

—No era la madre que creía.

—Yo la he imaginado siempre así. Un cofre lleno de entusiasmos y de miedos.

—¿Te das cuenta? Matarse pese a tener un niño.

—Esas cosas pasan. Eres periodista. ¿No lees los periódicos?

—Esas noticias no. Siempre me han producido rechazo. Ahora comprendo por qué.

—Si el niño es muy pequeño, es habitual que la madre lo arrastre consigo.

—Le importaba tan poco que probablemente pensó que sería un estorbo.

—Sabía que saldrías adelante solo.

—¡Déjate de tonterías! Me rechazó.

—No te rechazó a ti, sino a la vida.

—¡Yo era su vida!

Elisa me rozó las manos de esa manera tan suya.

—Sí, pero tu madre se había separado de la realidad. Vivía entre sus fantasmas.

—¿No se podía salvar?

—Quizá. Para eso, tenía que desengancharse de aquel mundo y engancharse de nuevo a éste.

—¿Con la ayuda de qué? ¿De quién?

—No sirve de nada preguntárselo ahora. Lo que estoy intentando decirte es que el miedo mata siempre el amor. Incluso el amor de una madre.

Nos quedamos callados un momento, mirándonos la punta de los pies. Elisa señaló algo.

—¡Tus talones!

—¿Qué les pasa?

—Están pegados a la alfombra.

Los separé de inmediato.

—Ah, ¿dónde los tengo normalmente?

—Lo sabes de sobra: en el aire.

—¿Quieres decir que ya no soy un elfo?

—A lo mejor estás convirtiéndote en un elfo evolucionado.

—Más que de evolución, yo hablaría de regresión. Mientras vivía en la mentira, creía haber conseguido perdonarla. En cambio, ahora que conozco la verdad, me doy cuenta de que no la he perdonado en absoluto.

La voz de Elisa se encrespó, como si hubiera alzado un dique para impedir que la emoción se extendiera.

—¡Deja de hacerte la víctima y de interpretar el papel de hijo ofendido!

—¡No es un papel! Ciertos recuerdos no se borran.

—¡Pero puedes purificarlos del dolor que contienen!

—¿Ah, sí? ¿Y cómo?

—¡Pues precisamente con el perdón!

—¿Estás segura?

—Sólo el perdón vuelve a ponerte en contacto con la energía del amor. Lo he experimentado muchas veces. Y lo he leído en muchos libros, incluido el tuyo.

—Pero ¿cómo se perdona a una desertora?

—Es evidente que tú nunca has sufrido lo suficiente para desear morir. Hace falta una fuerza de voluntad extraordinaria para levantarse de la cama todas las mañanas con la idea de que la vida es una prueba y hay que afrontarla siempre, incluso cuando se está seguro de haber sufrido una injusticia terrible y se tiene miedo de fracasar.

—¡Ahora va a resultar que la vida es una elección heroica!

—¡Pues claro que lo es! Una elección heroica que se renueva a cada instante. Tu madre decidió rendirse. Y en cierto sentido, con tu rechazo a ver la realidad, tú también.

—¿Qué quieres decir?

—Desde pequeño has convivido con el mismo monstruo que la mató a ella. Pero ahora debes derrotarlo, de lo contrario, su sacrificio no habrá servido de nada.

En la habitación se hizo un silencio profundo que absorbía las detonaciones cada vez más cercanas de los petardos. Luego, desde alguna cavidad misteriosa, oí emerger el sonido de mi voz.

—¿Qué pensaría mientras apagaba el cigarrillo, se quitaba las zapatillas y se subía al alféizar? ¿Mientras mantenía el equilibrio y respiraba la nieve antes de dar el salto? ¿Pensaría, al menos mientras se precipitaba hacia el suelo, en mí?

—¿Tan importante es?

Me volví hacia la foto de mamá y la miré como si fuera la primera vez.

—No. Ya no.

—Libérate del plomo que tienes sobre el corazón, Massimo. Llevas toda la vida torturándote y torturando a tu madre con este suplicio. Y siento el peso de esa vida sobre nosotros. ¡Ya está bien! Mándale todo tu amor y deja que se vaya de una vez...

Fuera empezaba a nevar. Las manos de Elisa recorrieron trayectorias insondables en torno a mi cabeza y su voz pronunció palabras que no logré comprender. Pero alguien dentro de mí las había entendido muy bien.

Belfegor.

Lo sentí encogerse como una esponja gastada y desintegrarse en una lluvia de fragmentos inmediatamente engullidos por la oscuridad.

Cerré los ojos y vi a mamá entrar en la habitación de un niño dormido.

Se sentó en el borde de la cama y me miró largamente en silencio. Alargó la mano en una caricia, pero la retiró enseguida para no despertarme.

Me estiró el embozo, se inclinó sobre mí y susurró algo.

«Que tengas felices sueños, chiquitín.»

En ese momento aspiré el perfume de sus cabellos y noté salir toda la energía de su cuerpo y penetrar en mi corazón.

Mamá se levantó, se quitó la bata, la dobló con cuidado y la dejó a los pies de la cama. Después se dirigió hacia la luz.

Le deseé buen viaje, abrí los ojos y abracé a Elisa.

No sé cuánto tiempo permanecimos así. Pero en un momento dado la vida empezó a renacer desde los tobillos como una corriente de aire fresco.

Bajé la mirada y junto a nuestros pies estaba *Billie* moviendo el rabo.

Ligera.

A Giuseppina Pastore,
mi madre

Agradecimientos

Casi todos los nombres son verdaderos, sólo se los he cambiado a las chicas. Excepto a Elisa, que es Elisa.

Mi primer gracias, como siempre, es para ella. Pero esta vez la lista es larga y empieza por Giuseppe: fue en su despacho donde la idea del relato tomó forma.

Había ido a la editorial Longanesi para hablar de lo que tendría que haber sido mi siguiente libro: un ensayo sobre cómo superar la abulia y la resignación, hijas del miedo, con que las personas parecen afrontar este momento histórico. Título: *Nessun dorma* (Que nadie duerma).

Para hacer creíble el púlpito desde el que se pronunciaría la prédica, había pensado incluir, precediendo al ensayo, una página autobiográfica en la que contaría el rechazo de la muerte de mi madre.

Mientras narraba los acontecimientos, el despacho de Giuseppe empezó a llenarse de editores: Alessia, Fabrizio, Guglielmo..., y al final todos tenían los ojos brillantes. Al ver su reacción me di cuenta de que aquello no era el prefacio de un ensayo, sino la historia que me había crecido dentro durante cuarenta años.

Había llegado el momento de afrontarla y sacarla fuera. Para convertirla en un libro, en una novela entretejida con hechos reales.

Escribí un guion esa misma noche, y la redacción del texto fue también insólitamente rápida. Tres semanas a tiempo completo para extraérmelo de las vísceras (yo lo llamo «transcripción») y seis meses para releerlo: cien, doscientas, quizá trescientas veces, cada una de ellas quitando o añadiendo algo.

En esa obra de sastrería psicoanalítica me fueron de gran ayuda las tabletas masticables de vitamina C (mientras escribía de mi madre tenía continuamente dolor de garganta), los conciertos para piano de Mozart interpretados por Daniel Barenboim y la brillante plantilla con la que tengo el placer de trabajar desde hace años: Stefano, Cristina, Luigi, Valentina, Alessia, Elena y, naturalmente, Giuseppe y Guglielmo, corteses pero implacables. Conservo los SMS que me enviaron después de haber leído el primer borrador de *Me deseó felices sueños*: le darán suerte.

A las personas citadas en esta historia que me han hecho o a las que he hecho daño, estén donde estén, vayan mi perdón y mis disculpas.

Un agradecimiento especial para Madrina, la *dea ex machina* del relato. El mérito (o el demérito) de que sea tal como lo habéis leído hay que repartirlo equitativamente entre ella y yo, y entre el equipo Longanesi y el paralelo de amigos que acompañaron su crecimiento con sus sugerencias.

1. Piula, Arianna y Arnaldo, que me convencieron de que reescribiera un par de capítulos.

2. Fede, que me aconsejó que quitara algunos oropeles.

3. Marco, que abogó por que alargara las escenas sobre el Toro y sobre papá.

4. Annalaura, que está en la caja de las galletas.

5. Gabriele, que se emocionó.

6. Irene, que se quedó atónita.

7. Francesca, que habría querido más títulos de canciones.

8. Duilio, que habría querido por título *La foto en el cajón*.

9. Mirella, que cuando me llama está realmente convencida de que habla con un escritor.

10. Alexandra, que lo leyó entre las nubes.

11. Fabio, que lo leyó mientras fuera caía la nieve.

12. Annalena y Mattia, que lo leyeron y juntos llegaron al corazón.

Doce, mi nuevo número preferido.

Turín, enero de 2012